帰ってきた日々ごはん⑧

高山なおみ

帰ってきた 日々ごはん⑧

もくじ

＊おまけレシピ

カバー装画・本文挿画　森脇今日子
カバー、扉、アルバムなどのデザイン　スイセイ
章扉手描き文字、本文写真　高山なおみ
編集　村上妃佐子、浅井文子
編集協力　小島奈菜子
造本　アノニマ・デザイン

たっぷり遊ぶと、どんどこ仕事をしたくなる。

七月一日（土）
曇りのち晴れ

ゆうべも雨がよく降っていた。

明け方は霧で真っ白だったけど、朝起きたときには東の空が少しだけ明るかった。

雲はまだ重たいから、また雨だろうか。

強い風で猫森（窓の西側にある、木が集まって森のようになっているところ。猫がうつ伏せになっているように見える）が揺れている。

灰色の雲がどんどん流されてゆく。

そのうち青空が見えてきた。

雲は列を作って、西の空に退散してゆく。

もしかすると、晴れるのかもしれない。

洗濯物を干していたら、水を出しっぱなしのような音がして、慌てて台所に下りるも異常なし。

そしたら、猫森が鳴っているのだった。

ジャ――ジャ――――。

海からの涼やかな風が渡る。

今日は、立花君が東京からいらっしゃる。

何やら私にお願いごとがあるとのこと。何だろう……。

広島へ帰省するとちゅうに立ち寄るらしく、うちのアパートにはこない。

なので、三時くらいに八幡さままで待ち合わせ。

喫茶店で打ち合わせをし、そのあとで『ほんとだもん』の原画展にお連れするかも。

中野さんとは「ギャラリーVie《ヴィー》」で落ち合うことになっている。

明日までで展覧会もおしまい。

そして今日から七月。

また、新しい月のはじまりだ。

今、下の道から歌声が聞こえてきた。

「しれーとこーのみさきに　ハマナスーのさくころ　おもーいだーしておくれ　おれたちーのこーとを」

いつもの介護のお兄さんが、おばあさんを連れて歩きながら歌っているのだった。

さ、出かけよう。

選挙の不在者投票と、図書館にも行ってこよう。

夜ごはんは、焼き鳥屋さんで。焼き鳥いろいろ、鶏雑炊、ビール、レモン酎ハイ（私）、梅酒（中野さん）。

七月四日（火）

曇りのち台風、のち晴れ

十一時前に中野さんが帰られてから、雨脚はどんどん強くなり、気づけば横なぐりの大雨だ。

窓ガラスに雫が打ちつけ、まるで水槽の中にいるよう。

そんな中、原画を保管できるよう（金曜日に中野さんが持ってきてくださることになっている）クローゼットを整理したり、紙ゴミをまとめたり。

片づいてからは、『帰ってきた 日々ごはん③』の最終校正と、アルバムのキャプション書きを延々とやる。

榎《えのき》さん（あかね書房の絵本編集者）から原画のカラーコピーが届いたので、待ちきれずに切り貼り作業。

絵のおかげで、たん、たんと、物語の全貌が立ち上がってくる。

絵の中に隠されている物語の奥行きも見えてくる。

そうなると、これまで無理にせき止められていたテキストの流れに気づいたり、読み言

茄子の醤油炒め
グリーンアスパラの炊き込みご飯

葉としての音楽の流れも聞こえてくる。

これがたまらなく楽しい作業。私にとっては、絵本作りの最高峰かも。

いつの間にやら雨が上がった。

明るいのでまだ早いのかと思ったら、もう夕方の六時なのだった。

でも、とちゅうでなんて止められない。

七時過ぎに仕上がった。

できたてのダミー本のページを最初からめくっていきながら、テキストの微調整をする楽しみといったら！

それにしても今日はよく働いた。

たっぷり遊ぶと、どんどこ仕事をしたくなる。

七時半くらいに中野さんから電話があった。

今日の大雨は台風だったとのこと。あちこちで大きな被害があったらしい。テレビがないし、ラジオもつけていないから、私はちっとも知らなかった。

夜ごはんは、茄子の醤油炒め（ゆうべ牛肉を焼いたフライパンの脂で）、ひじき煮（コチュジャン添え）、グリーンアスパラの炊き込みご飯。

七月五日（水）
曇り時々晴れ

朝、アルバムのキャプションのことでスイセイから電話があった。

いいアイデアをいくつももらったので、修正して仕上げ、お昼前にはアノニマにお送りした。

そして、とちゅうまで書いておいた原稿の仕上げ。「こどもの本」という雑誌の中の、「心にのこる一冊」という短文だ。

台風が過ぎ去って、東京は真夏のようらしいけど（編集者さんのメールに書いてあった）、ここは秋のように涼しい風が吹き抜ける。

ときどき、澄み切った水でのどを潤しているみたいな小鳥の声が、山の方から聞こえてくる。

鳥の声に耳を澄ましていたら、ふと、「ギャラリーＶｉｅ」での展覧会のことを思い出した。

展覧会がはじまったばかりのころ、私はとても緊張していた。

中野さんの絵を見にいらっしゃるファンの方々の邪魔にならないよう、できるだけ会場の隅にいようとした。

自分の存在がうるさくて、どうしていいのか分からなかった。

でも、そのうちに少しずつ空気に打ち解け、なじんでいった。

公開制作の大きな絵に向かう中野さん。

その絵が、三日の間にすごい勢いで変化していくのを、中野さんの熱烈なファンのNさんの隣に腰掛け、離れたところから眺めているのも楽しかった。

けっきょく中野さんと私が在廊したのは、合わせて五日くらいだったのだけど、その間、なんだかずっと、何かと一緒に戯れているように楽しかった。

中野さんの絵の世界を好きな人が、それを目指してギャラリーにいらっしゃる。

見ず知らずの誰かと、同じ世界を好きだという喜び。

多くを語られるわけではないけれど、ファンの方が中野さんに話しかけているのを聞いたり。

中野さんが答えるのに耳を傾けたり。

ときどき私もぽつり、ぽつりと参加したり。

ギャラリーの中に、ふわふわと浮かんでいるものが私を遊ばせ、幸せにした。

そういうことは、人生のうちでそう何度も起こることではないと思うのだけど、ギャラリーというところは、作品を通じて奇跡のようなことが起こりうる場なのだな。

ひとつの展覧会が終わると、きれいさっぱり片づけられて真っ白な壁に戻り、また新しい世界が現れる。その、繰り返し。

そもそも絵こそが、そういう力を内包しているのかもしれない。

奇跡という言葉は厳《おごそ》か過ぎて、あまり使いたくないし、私にはまだ、中野さんという画家の絵についてしか分からないのだけど……彼が絵を描きはじめる前、描いている最中、きっと、目に見えない何かが猛烈に、あるいはひっそりとうごめいて、それが絵の中に入る。

その絵がギャラリーに飾られると、見た人の体に入り、心に入り、かけがえのない絵と出会ってしまった人は、自分のそばに一生置いておきたいと願い、買い求めることを決める。

絵が放出している目に見えない何か。

何かの正体は、その人にとって懐かしい光みたいなものなのかな。

それとも、音色みたいなものだろうか。

まだ、ちっとも言葉にできないのだけど。

そういうものが「ギャラリーＶｉｅ」にぷかりぷかり浮かんでいて、人がやってくると、ちらちらとあちこちでさざめいたり、踊ったりしていた。

こんなふうに私が感じたのは、Nさんの隣にいる機会がたくさんあったからかもしれない。

Nさんの輝きうつろうような表情を見ていたら、私にまで伝染してきた。

Nさんは毎朝いちばんにギャラリーに来て、机の上に水筒を置き、公開制作中の絵が移り変わってゆくのを三日間ずっと見てらした。

そして夕方になって中野さんが筆を置くと、さっと身支度をして帰られた。

何度か通っているうちに、私はギャラリーの方々とも打ち解け、ワインをごちそうになったり、おいしい焼き肉屋さんを教えてもらったり、コージさんが教室の合間にのぞきにいらしたり、オーナーの村上さんとケン玉をして遊んだり。

ずっと同じ場所にいると、なんとなく家族のようになってくる。

一定の距離はいつも保たれたままで。

そういうのもとてもよかった。

本当に、いい展覧会だった。

夜ごはんは、ぶっかけそうめん（ピーマンの網焼き、納豆、大根おろし、みょうが、貝割れ大根、ねぎ）。

七月八日（土）晴れ

よく晴れている。

きのうから中野さんが泊まりにきている。

絵本の原画をうちに運びがてら、車でいらした。

来週からいよいよ絵本合宿がはじまるので、その準備を着々としている。

きのうは私の作ったダミー本を見ながら、作戦会議をした。

また、テキストが動き、また、絵も動く。

今日は「ＩＫＥＡ《イケア》」までドライブ。

お客さん用の敷き布団を買いにいく。

合宿では、もうひとり泊まることになるので。

今はまだ詳しくは書けないけれど、十五日と十六日に、夏休みの自由研究を三人で泊まりがけでやるような、そんな感じ。

編集者さんは、いらっしゃれるかどうかまだ分からない。

みんなのお昼ごはんや夕飯を、何にしようかしらと思いあぐねるのはとても楽しい。

では、「ＩＫＥＡ」に行ってきまーす。

夜ごはんは、「ＩＫＥＡ」でたっぷり食べた（スウェーデン風ミートボール・マッシュポテト添え、フィッシュ&チップス、野菜カレー）ので、軽めに。

ドリア（ゆうべのチキン・ビリヤーニの残りに、トマト、ソーセージ、ホワイトソースとチーズをのせてオーブンで焼いた。中野さんだけ）、サラダ（胡瓜、キャベツ、人参・私だけ）。

七月十一日（火）
曇りのち晴れ

ゆうべ夜中の三時ごろ、ロケット花火のような音がして目が覚めた。

「ヒュ――――！」と、闇を切り裂く音。

たて続けに三回鳴って、最後は空に向かって打ち上げる花火の音。

屋上か、森に向かう坂道の方から聞こえてきたような気がしたのだけど、どうなんだろう。

私は驚いて窓辺に立ち、しばらくの間耳を澄ませていた。

そのあとで夢をみた。

小学校五年生くらいの男の子たちが五、六人、うちの建物の中庭に入って、壁を蹴ったりジャンプしたり、暴れまわりながら花火を上げていた。

簡単ちらし寿司
豚肉と玉ねぎのバター醤油炒め

中庭なんてものはうちのアパートにはないので、これは夢だと分かるけど、ロケット花火の音がしたのも、なんだか夢のようなできごとだった。

「ムーミン」の見過ぎだろうか。

「花火の秘密」という回は、毎晩夜中に海の向こうから爆発音がし、そのたびにムーミン谷のみんなが目を覚ましてしまうというお話だった。

さて、今日は二階で「気ぬけごはん」を書こう。

とちゅうで、中野さんから表紙の絵の候補が送られてきた。

わーい。

すごい、すごい。

私もがんばろう。

二階で文を書いていると、ぎゅっと集中できる。

おかげで夕方にはほとんどできた。

ひと晩寝かせて、明日推敲をしよう。

まだ時間がたっぷりあるので、書きかけの絵本の続きをやる。

これは、先月だったか、たまたま送られてきた中野さんの女の子の絵を見て、ぽわーんと浮かんできた新しいお話。

夜ごはんは、簡単ちらし寿司（しらす、らっきょう、みょうが、大葉、いり卵、ごま）、豚肉と玉ねぎのバター醤油炒め（レタス添え）。

七月十二日（水）
曇り時々晴れ

ゆうべは月がとてもきれいだったので、窓を開けて寝た。

天井から壁に伸びる月明かりの帯。

何度か目を覚まし、その様子を見ては安心し、目をつむった。

とてもよく眠れた。

朝ごはんを食べ、「気ぬけごはん」の推敲。

雨が降りそうだったので、原稿をプリントだけしておいて、昼前には坂を下り、郵便局とパン屋さんへ。

そのまま「コープさん」へも行った。

買い物をして出てきたら、すっかり晴れ上がっていた。

雨用の傘を日傘代わりに、暑い、暑い、と言いながら坂を上った。

何度も立ち止まって休みながら。

汗だくだくでようやくたどり着き、ゴクゴクと飲んだ冷たい水出し紅茶のおいしかったこと！

お昼ごはんに、買ってきたパンにソーセージとチーズとレタスをはさんで食べ、「気ぬけごはん」の仕上げをし、お送りした。

そのあとは絵本のことをやる。

中野さんが描き直してくださった絵のカラーコピーを、ダミー本に切り貼り。

改めてめくっているうちに、またテキストが微妙に動く。

夕方、まだ時間があったので「たべもの作文」（『たべもの九十九《つくも》』として二〇一八年三月に刊行されました）。

「す（すきやき）」を書いて、お送りした。

今日の「ムーミン日めくり」の言葉は……

「ここには、わけのわからないことが、いっぱいあるわ。だけど、ほんとうは、なんでもじぶんのなれているとおりにあるんだと思うほうが、おかしいのじゃないかしら？」（ムーミンママ『ムーミン谷の夏まつり』より）

コールスロー
大根の塩もみサラダ
カレーパン

夜ごはんは、コールスロー（キャベツ、人参、ゆで卵）、大根の塩もみサラダ、トマト、カレーパン。

七月十三日（木）晴れ

ちょっと寝坊して、八時に起きた。

とてもよく晴れている。

シーツやらバスタオルやら洗濯し、さっき屋上へ干してきたところ。

いよいよ明後日から絵本合宿がはじまるので、あちこち念入りに掃除した。

セスキ水で台所の床を拭き、そのあと普通の雑巾がけをするとスッキリすることが分かり、二階の床もやる。

やめられなくなり、廊下も階段も、下の階もやった。汗をかきかき。

今日の「ムーミン日めくり」の言葉は……


「パーティーのさいちゅうに、ふっとろうそくの火を消すのよ。すると、もういちど火をつけたときには、みんなの心がしっくりとけあって、ひとりの人みたいになってるの」（フィリフヨンカ『ムーミン谷の十一月』より）

塩鮭
大根おろし
ソーセージとキャベツのソース炒め

三時ごろから、「おいしい本」（読売新聞で連載している「高山なおみのおいしい本」。『本と体』として二〇二〇年九月に刊行されました）の原稿を書きはじめた。

このところ、寝る前に毎晩愉しみに読んでいる『宿題の絵日記帳』について。

読みながら、もわもわと私のまわりに浮かんでいた言葉にならない気持ちが、書いていくにつれじわじわと形になっていく。

言葉という服を着ることで、目に見えるものになってゆくような、そんな感じ。

私は神戸に越してきて、少しずつだけど言葉と仲良しになってきている気がする。

東京にいたときには、「気ぬけごはん」を書くのにゆうゆう五日はかかっていたのだけれど、このごろは書きたいことさえ決まっていれば、二日で仕上げられるようになった。

不思議だなあ。

どういうわけなんだろう。

明日は、朝十一時前に中野さんが残りの原画を持って、車でいらっしゃる。

そしてもうひとりは、東京から夕方の五時くらいにいらっしゃる予定。

愉しみだなあ。

夜ごはんは、塩鮭、大根おろし、ソーセージとキャベツのソース炒め、ご飯。

七月十八日（火）
曇りのち雨、のち晴れ

今、雨が降ってきた。

猫森の緑にさわさわと降り注ぐ。

濡れた土の匂いもする。

植物も地面も、水が降りかかったことで息を吹き返したみたいな、ちょっと生々しいような匂い。

とてもいい匂い。

ゆうべはくったりとくたびれて、八時半には寝てしまった。

今朝は九時半に起きたから、十二時間以上眠ったことになる。

眠ったり、覚めたり、またすぐにさらわれるように眠ったり。

夢もみたけれど、眠りながら絵本合宿のことをずっと反芻していたような気がする。

あかね書房の榎さんが、もう公表していいですよとおっしゃったので、日記に書くことにします。

十五日と十六日（正確には十七日の朝まで）の二日間、私たちはずっと絵本のための撮影をしていた。

こんどの絵本は、平面と立体が混じり合ったものなので、これまで「中野さんの原画」と書いていたのはジオラマのことです。

今回中野さんは、絵を描いただけでなく立体も作った。

けっこう大きなものがたくさんあったので、車で二回に分けて運び込んだ。

そして、もうひとりの方というのはカメラマンで、以前に中野さんとアニメーション(『おはなしトンネル』)を作った、さきっぽという女の子。

さきっぽは普段、アニメーションの仕事をいろいろしていて、撮影&編集をするだけでなく、人形や背景のセットなどもこしらえるのだそう。

「僕は、さきっぽのことを、こっそり〝光の魔術師〟と呼んでいます」と中野さんがおっしゃっていた通り、さきっぽは本当に、そこにある何でもない物を利用して、その場でどんどん光と影を作っていった。

屋上で太陽光がいっぱいに当たる中、ジオラマ自体を斜めにして(私と中野さんで持ち上げていた)撮影したり(あんなに傾けていたのに、写真になるとまっすぐにしか見えなくて驚いた)。

カメラの角度や光によって、ジオラマの人物の表情も微妙に変わるから、写真を見るたびにまた物語が深まる。

私のお話の世界では、主人公の男の子は真っ暗な場所にただ不安気に佇《たたず》んでいるだけだったのに、懐中電灯を当てたり、フィルターをはさんだりすることで、その場所の空気まで甦る。

男の子のいるところ、佇んでいる様子、表情が本当のことになる。

作り物の世界の本当が、立ち上がるとでもいうのかな。

まるで現実の暗闇に、自分が立っているような気持ちになる。

男の子の心細さが、私自身の心で感じられる。

撮影がはじまったばかりのころ、私はふたりにすっかり任せるつもりだった。

だから二階で「たべもの作文」を書きながら、賄いを作ったり、洗濯物を干したりしていた。

でも、お昼ごはんを食べ終わったあたりから、何やかんやと手伝いはじめたら、ずんずん楽しくなっていった。

中野さんも、とちゅうから撮影しはじめた。

三脚など使わず、のめり込みながら（実際にぎりぎりまで顔を立体にもぐり込ませるようにして）どんどん撮っていた。

中野さんが撮るときは、さきっぽが光を作る。さきっぽが撮るときには中野さんが光を作る……となるので、とちゅうからは自然と私がパソコンの画像をチェックする係になっていった。

中野さんの写真は斬新で、「えー、そう来たか！」という感じ。

なんだか、中野さんの絵みたいだった。

そうか。

立体も写真も、ぜんぶひっくるめて中野さんの描かれた絵なのか……と思ったり。

私はというと、自分が考えたお話の内容、空気感にいちばんぴったりくるのはどの写真なのか、さらに物語が深まる写真はどれなのかと思いながら選んでいる。

その視点は、いつもの絵本作りのときと同じになっていることに気がついた。

そうか、写真は絵なのか。

撮影は毎朝、「はじめましょう」と誰かが声をかけるのではなく、気づけばはじまっていた。

いつも六時とか六時半には誰かしら起きていて、私がお風呂に入ったり洗濯機をまわしたりしていると、コーヒーを飲みながらぼんやりしてらした中野さんが、無言のままなんとなくカメラをのぞいていて、そしたらさきっぽも動き出し、気づけば撮影に突入していた。

私は料理本の撮影のことも思い出していた。

なんだか中野さんは、『料理＝高山なおみ』のときの立花君に似ていた。

カメラをのぞくしつこさや、何かが見えてくると次々に撮ってしまうスピード感。ちょっとインチキくさい動きとその迫力に笑っていると、見たこともないような写真がどんどん生まれ、そのたびに私はハッとして、感覚が剥かれていく。

たまらなく刺激的でおもしろいのに、心は落ち着いて平ら。

その感じは、ウーロン茶のコマーシャルや、映画やドラマの撮影のときの自分の身の置き方にも似ていた。

絵本合宿をする前は、子どもどうしが夏休みの自由研究を共同でやるような、秘密基地を作って遊ぶような感じかしらと思っていたのだけど。

まあ、見た目はそんなようなものなのだけど。

その子どもらはけっこう、プロフェッショナルの集まりでもあった。

賄いは何を作ったのだっけ。

もう、ほとんど忘れてしまったけれど、限りなく自由だった。

そのときどきの感じで、時間も何も関係なく、作りたいものを作って、「せーの！」で食べた。

まず、ふたりが来た日の夜ごはんは、台所のカウンターで暮れゆく空と海を眺めながら、サラミソーセージ、馬肉の薫製&鮭の酒炒り（冷蔵庫にずっとあった）をつまみにカヴァ（スペインのスパークリング・ワイン）で乾杯した。

窓際のテーブルに移動してからは、ポテトサラダと本格海老カレー（昼間のうちに仕込んでおいた）。

二日目の朝ごはんは、ヨーグルト（キウイ、グラノーラ）とコーヒー。

お昼は、ナポリタン風夏野菜のスパゲティ（サラミ、茄子、ピーマン、トマトソース、ケチャップ）。

夜ごはんは何だっけ、どうしても思い出せない。

あ、思い出した。

中野さんが日清焼きそばを一人前作り、私が昼間のうちに作っておいたポテトサラダとご飯をひと皿に盛り合わせた。

そして、前の日の具なしカレーの残りをご飯にかけた。

三日目の昼ごはんは、塩鮭とオクラのチャーハン（中野さん作）と、平麺パスタ（バジルペースト、アンチョビソース）の盛り合わせ。

撮影が終わったのが六時くらいで、それぞれお風呂に入り、なんとなく呑みはじめた。

チャーハン
酢のもの
味噌汁（ワカメ）

「じゃがりこ」をつまみに。

次に、ポテトチップス。

そのまま何も食べなくてもいいような気もしたのだけど、豚肉の厚切りをトンテキ丼にするつもりで、にんにくと酒でマリネしておいたのをフライパンで焼いてみた。

いちどに三枚をごま油で焼いて、二枚は塩をふりかけ器に盛ってワサビ添え、フライパンに残っていた残りの一枚は酒、みりん、きび砂糖、醤油をまわしてタレにからめた。

野菜ものは何もなし。

ご飯を食べたい人は、自分でよそって食べることにした。

ああやっと、絵本合宿のことが少しだけ書けた。

今日はけっきょく、こうして日記を書いていただけで一日が終わってしまった。

頭がぼんやりしているのだ。

夜ごはんは、チャーハン（塩トンテキの残り、豆苗、ピーマン、卵）、酢のもの（ワカメ、胡瓜、みょうが、らっきょう）、味噌汁（ワカメ）。

七月二十日（木）快晴

朝早くからセミがジリジリ、とても賑やか。

ノブさんのざるうどん
とうもろこしと枝豆のかき揚げ

近畿地方は、きのう梅雨明けしたらしい。

まさに、今日から夏がはじまった！　という感じの光。

青空にぽっかり浮かんだ雲、海も青い。

中野さんは朝ごはんにヨーグルト（バナナ入り）だけ食べ、十時前には出かけた。

ゆうべのライブペイントの片づけをしに、「スペース草《そう》」に行くのだそう。

私は洗濯物を屋上に干し、「おいしい本」の校正。

さっき、マメちゃんの友だちのノブさんから、手打ちうどんがたくさん届いた。

クール宅急便で、手作りのおつゆも入っている。

わーい！　今夜、愉しみにいただこう。

今、ミンミンゼミが網戸に張りついて騒がしく鳴いている。

驚くほど大きな音。

「ミーンミーンジリジリジジイジイ」

ひとしきり鳴いて、ラジオの歌が一曲分終わったと同時に、だまって空の彼方へ飛んでいった。

夜ごはんは、ノブさんのざるうどん（大根おろし、みょうが、ねぎ、生姜）、ノブさんのおいしい手作りおつゆ、とうもろこしと枝豆のかき揚げ。

七月二十二日（土）快晴

セミはミンミンジリジリシャーシャー。

空気もむんむんみんみんして、じっとしているだけで汗が吹き出してくる。

夏ってこんなだっけ。

頭では（夏ってこんなふう？）とだいたいの感じで思っているのだけど、本物の夏がやってくるとその凄まじさにいつも驚く。

六甲の夏は東京にいたころよりも、はっきり、くっきりと感じる。

梅雨が終わったと同時に、空気がすべて入れ替わる。

毛穴が開いて、体中で息を吸ったり吐いたり。

私も体ごと入れ替わらないと、ついていけない。

それは、予想を超えた感覚。

夏は、だから素晴らしい。

きのうは榎さんとさきっぽが、新しい絵本の打ち合わせでアリヤマ君のところに行ったので、私と中野さんはいつ電話があってもいいように部屋で待機していた。

そのあと、ふたりからそれぞれ報告の電話があった。

そして今朝、身支度をして一階に下りたら、中野さんはきのう榎さんから頼まれた表紙まわりのことをやっていた。

なので私も参加する。

そんなこんなをしていたら、こんどは榎さんから絵本合宿で撮影した分のカラーコピーが届いた。

中野さんは帰り支度をしていたのに、いきなり新しいダミー本を作りはじめた。

私はパソコンを二階に持ち込み、もういちどテキストを調整。

プリントアウトをして、切り抜くところまでやった。

中野さんはまだダミー本を制作中。

夕方、たまらなく外に出たくなり、坂を下りた。

「コープさん」で買い物をするくらいの小さな散歩のつもりだったのだけど、「八幡さまに行きましょう」と中野さんがおっしゃる。

せっかくなので、「いかりスーパー」で奮発し、お刺し身をいろいろと鰻《うなぎ》の蒲焼きを買った。

八幡さまでは、セミの羽化を見た。

生まれてはじめて見た。

まさに殻から抜け出そうとしているところだった。

腹筋のような格好をしたり、体を反対に反らせたりしながら、うずうずと少しずつ出てくる、生まれたてのセミの白さ。

ちぢこまった羽らしきものの、緑がかった青。

真っ黒な仁丹の玉のような目。

どれもこの世の生き物とは思えないような色だった。

私がアップル・シードルをラッパ呑みしている間、中野さんは境内のあちこちの木をうろうろと見てまわっていた。

中野さんは、実家でユウトク君（甥っ子）たちと一緒によく羽化を見ていて、私が羨ましがっていたから、八幡さまに誘ってくださったんだということに、あとで気がついた。

夜ごはんは、手巻き寿司（マグロ、カンパチ、マダイ、イカ、サーモン、鰻）、ビール。

七月二十四日（月）
ぼんやりした晴れ

お昼ごろまでごろごろしていた。

本を読んだり、眠くなったらパタンと閉じて寝てしまったり。

でも、榎さんにダミーの絵本をお送りしなければならないので、エイッと起きる。

もういちどはじめから見直し、説明の付箋《ふせん》も書き直し、手紙も書いた。

二時くらいに坂を下り、コンビニへ。

荷物を出して、六甲から阪急電車に乗り、三宮の神戸国際会館へパスポートを申請しにいった。とても混んでいたけれど、どうにか届けを出すことができた。

そのまま帰るのが惜しく、眼鏡屋さんへ。

ここは中野さんから教わった、老舗の眼鏡屋さん。中野さんの家族はみんな、ここで眼鏡を作っているのだそう。

神戸へ越してきたばかりのころにいちどのぞいて、いろいろかけてみた。とてもいい感じのするお店だとは思っていたけれど、なんだか贅沢なような気がして、今の眼鏡で辛抱していた。

でも、眼鏡は私の大切な仕事道具だ。

いろいろなのを試してみて、かけごこちの軽やかなフレームを選んで買うことにした。

視力もとてもていねいに調べてくださった。

一週間くらいで、できあがるのだそう。

こんど、パスポートと一緒に受け取りにいこう。

まだ詳しくは書けないのだけど、八月の末に一週間ほど海外出張をすることになったのです。

六甲で重たいものばかりを買い物し、タクシーで帰ってきた。

うちにたどり着いたのと同時に、柱時計が八つ鳴った。

夜ごはんを作るのがおっくうだったので、冷蔵庫にあった焼き茄子のだし浸しに卵豆腐をくずし入れ、ワカメと刻んだみょうがも加えて、ツルツルッと食べた。

七月二十五日（火）曇り

ゆうべは夜中にザザーーッと雨が降り、慌てて窓を閉めた。

今日は、いつ雨が降ってもおかしくない空模様。

ものすごい湿気。

重たい空気をかき分けるようにして動く……ような感じ。

なんとなしに体も重く、仕事の電話をいくつかかけたり、メールのお返事をしたりしたあとは、ベッドに寝転んで本を読んでいた。

夜ごはんは、キャベツカレー（具なしのカレーに、焼いたキャベツ添え）。

ケンタロウ君のレシピを真似て、フライパンでキャベツを「カチッと焼いて」、上にのせてみた。

キャベツにはウスターソースをかけて食べた。

キャベツの甘みがとてもいい。とてもおいしい。

カレーに加えてくったりと煮込むのとはまた違う、みずみずしいおいしさだった。

これ、おすすめです。

七月二十六日（水）
雨のち晴れ

朝方、ザーーッと音がして雨が降った。

今朝は早くから鳥たちが鳴いている。

カーテンをめくると、明るめの曇り。

明日から屋上の工事がはじまってしまうから、大物の洗濯をしたいんだけどな。

朝ごはんを食べていたら、少しずつ晴れてきた。

せっせと洗濯機をまわし、さっき屋上に干してきた。シーツ、布団カバー、枕カバー、バスタオルなど。

今、もう一回戦、洗濯機をまわしているところ。

さて、今日は「たべもの作文」をやろう。

「せ（せり）」が書けたので、掃除。

あちこち雑巾がけをして、すっきり。

屋上は今日、風が穏やかで、洗濯物は干した形のままカラカラに乾いていた。

五時、トマトソースを煮込みながら窓を見ると、海が真っ青。

あんまり青いので、ビールを呑むことにした。キッチンカウンターに腰掛けて。

冷蔵庫には、たんぱく質が卵と納豆くらいしかない。

でも今日は、買い物へは行かないことにする。

ゆっくりしたいので。

窓辺に座ると、ときおりクーラーみたいに涼しい風が吹いてくる。

対岸の山も、今日はずいぶんくっきりと見える。

よほど空気が澄んでいるのだ。

そのあとは、窓辺でお裁縫。

棚を整理して絵本のジオラマをしまったので、日除けのカーテンをちくちく縫っている。

六時ごろ、アノニマの村上さんから電話。

海を見ながら話す。

海が、とてもきれいに見える。

もしかすると、こんなふうにひとりきりで心から景色を愉しめたのは、はじめてかもしれない。

夜ごはんは、ナポリタン風スパゲティ（トマトソース、ケチャップ、玉ねぎ、ピーマン、ツナ）。

あまりに何もなかったので缶詰のツナを使ったのだけど、ツナのスパゲティってなかなかおいしいな。

今は夜の八時。

夜景が、ちらちらぶるぶると震えているよう。

とてもきれい。

七月二十九日（土）晴れ

きのうから中野さんがうちにいる。

きのうの午後、「コープさん」へ買い物に行って、坂を上って汗だくで帰ってきたら、アパートの外にいた。

駐車場の上のコンクリートのところに腰掛けて、のんびりビールを呑んでいらした。

そういえば、前にもこんなことがあったっけ。

きのう中野さんは、大阪の図書館で打ち合わせがあったのだそう。午前中には画材屋さんにも行ったのだそう。

六甲駅のスーパー「オアシス」で、食料をいろいろ買ってきてくださった。

私も「コープさん」でお肉をいろいろ買ったから、ゆうべの夜ごはんは、鶏の肩肉（中野さんが買った）の焼き鳥と、ゴボウ入り鶏つくね（鶏ひき肉は私が買った）、焼き茄子、ゆでオクラに、軽めにビールを呑んだ。

今は、私の後ろで畳よりも大きな絵を描いてらっしゃる。

新しい自作絵本のための、何かなのだそう。

私はメールをあちこちに送ったところ。

さて、「たべもの作文」。

きのうは「せ」と「そ（そうめん）」を書いてお送りしたので、今日は「た（玉子）」を書こう。

夜ごはんは、焼きソーセージ（粒マスタード、じゃがりこ添え）、餃子（市販の皮と、手作りの皮の二種）。

皮が一袋分しかなかったので、半分は自分で練った皮で包んだのだけど、手作りの皮は焼き餃子にはやっぱり向かないことが分かった。

水をたくさん加えて蒸し焼きにすると、皮がキュッと硬くなる。

やっぱり「暮しの手帖」にあったように、いちどゆでたのを焼けばよかったのかも。

七月三十日（日）
薄い晴れ、にわか雨

中野さんの新しい絵の制作、二日目。

今、下の階からゴシゴシゴーシゴーシと、大きな音が聞こえてくる。

テンテンチャッチャという音もする。

きのうにひき続き、壁に貼った紙に二枚目の大きな絵を描いてらっしゃる。

これは、絵本のためのデモンストレーションなのだそう。

描いているうちに出てくるので、出てきたものを「ひっつかまえる」のだそう。

私はこれから、すっきりと掃除をした二階の部屋で、これから「たべもの作文」の「ち（チーズ）」を書こうと思う。

今朝は、八時半くらいに坂を下りて、「六珈《ろっこ》」さんでモーニングを食べた。

厚切りのハムチーズトーストと、ゆで卵が小さなガラスの器にちょこんとのって出てきた。

新ゴボウのキンピラ
しし唐とねぎの醤油炒め
洋風卵豆腐ご飯（中野さん作）

私は喫茶店のモーニングというのを、生まれてはじめて食べた。

ひとりで来ている人も、二人連れの人たちも、お客さんはみな新聞を読んだり、雑誌を読んだり、静かな時間を勝手気ままに過ごしていた。

いいもんだなあ、モーニング。

コーヒーもとってもおいしかった。

せっかく下りたので、はじめて通る道を散歩して、大きな楠の木がある古い神社でお参りをして、水を飲み飲み坂を上って帰ってきた。

坂のとちゅうにあるマンションで、移動販売の畑の野菜（しし唐、トマト、ミニトマト、胡瓜、にんにく、大葉）を買って、汗だくだく。

シャワーを浴び、洗濯物を干し、掃除をし、今こうしてそれぞれ自分の仕事に向かっている。

いいもんだなあ。

私はあとで、しし唐で何かこしらえよう。

夜ごはんは、新ゴボウのキンピラ（ごまをたっぷり）、しし唐とねぎの醤油炒め、水菜のおひたし（すりごま、ポン酢醤油、ごま油）、焼きソーセージ（中野さん作。フライパンに水を張って火にかけ、沸騰前にソーセージを入れてゆでる。中まで温まったらお湯を捨て、油を二、三滴落としてフライパンをゆする。軽く焼き目がつき、パチッと音がしはじめたくらいで火を止める。こうするとプリップリにできる)、とうもろこしと大葉のかき揚げ、洋風卵豆腐ご飯（冷やご飯をバターで炒め煮して即席リゾット風にし、上にフライパンで温めた卵豆腐をのせてあった。ご飯は卵豆腐でかくれてしまうくらいのほんのちょっとの量)。

卵豆腐ご飯を中野さんが台所で作っているとき、遠くの煙突から紅くて丸い小さな煙が上がった。

真っ暗な空に、ポッ……と上がって、あれは何だったんだろうと思っていると、またポッと上る。

しばらく見ていて気がついた。

それは、対岸に上がる小さな花火だった。

音のない花火は、色も形も、中野さんが今日描いていた太陽にそっくりだった。

七月三十一日（月）

薄い晴れ

四時くらいからセミが鳴きはじめ、五時とか六時になるともう大騒ぎ。

大雨が降っているみたい。

長い長い列車が、通り過ぎていくみたい。耳の中で鳴っているみたい。

聞きながら私はうつらうつらしていて、体があることが気怠く、そして心地いい。

このごろは毎朝、そんな感じ。

きのう、中野さんが帰る前に私は絵を描きはじめた。教わりながら。

教わるといっても、描き方のようなことは何も教えてくれない。

「見たままを描いてください」とか、「なおみさん、これを描いてください」などとおっしゃるだけ。

「これ」というのは、網戸にとまっているアブラゼミ。

お腹の側から見ると、大きな羽の下にもう一枚小さな羽が隠れるようについている。

この間、八幡さまで拾った二枚の羽は、このワンセットだったのだな。大きなセミと小さなセミのものではなくて。

中野さんはただそばにいて、私が「これでいいのかな?」と聞くと、「いいです」とか言いながら、クレヨンやパステルを適当に選んで近くに置いたり、描いている最中の物をわざと動かして、私の目が定まらないようにしてみたり。

いちどだけ、ハサミの絵をひと筆描きのようにつなげて描いて見せてくれた。

私は腹這いになり、ハサミでも器でも、器の柄でも、よく見ながらゆっくりと線を引いた。描くというより、線を引く感じ。

眼鏡はかけずに。

色も見えたままにつけてみた。

指でこすると膨らみが出て、光も現れる。

どんどん楽しくなってきた。

今朝は、朝ごはんを食べながら薔薇の模様の紅茶茶わんを描いていたら、止まらなくなった。

そのあと、きのう元町で買ったスニーカーを描き、シフォンケーキを描き、食べ終わったお皿とフォークを描いた。

器の模様がおもしろくて、はみ出してもかまわずにどんどん描いた。

トマトも胡瓜も描いた。

いったい何枚描いただろう。

中野さんが、「描けば描くほど、軽くなります」とおっしゃっていたのは、このことなのかな。

どうして急に絵を描きはじめたかというと、来年、単行本になる予定の「たべもの作

油揚げのカリカリ焼き
目玉焼き
ちくわのチーズ詰め焼き

文」の挿絵にしていただこうと思って。

気づいたらお昼になっていた。

絵を描いているとき、私は息を止めているようで、ちょっとふらふらした。

暑いのも忘れ、汗をかきながら描いていて、「あ、水を飲まなきゃ」となるのだ。

モデルとなる物と同じ目の高さで描くので、おのずと腹這いになるのだけど、そういえばその姿は、『たべたあい』の女の子にそっくりだ。

さすがに鼻クソはほじってないけれど。

線から平気ではみ出した絵は、幼稚園のころに私が描いていたものにもよく似ている。

夕方、あちこち掃除。

雑巾がけもし、きれいさっぱりした清々しい部屋で夜ごはん。

ふと窓を見ると、ツバメが電線にとまっている。

いつもは一羽か二羽なのだけど、十羽ほどが電線に少しずつ間隔を開けてずらりと並び、羽繕いをしながら私の部屋を見ている。

夜ごはんは、油揚げのカリカリ焼き、目玉焼き、ちくわのチーズ詰め焼き、胡瓜とみょうがと大葉の塩もみ（らっきょうの漬け汁をかけた）、たくあん、ご飯（梅入りゆかりふりかけ）。

＊7月のおまけレシピ

とうもろこしと枝豆のかき揚げ

とうもろこし½本　枝豆　薄力粉　片栗粉　揚げ油　その他調味料（2人分）

とうもろこしのかき揚げは、もとはといえば是枝裕和監督の映画『歩いても 歩いても』で見たのです。主人公の母親の十八番《おはこ》で、ポンッポンッとはじける音が子どものころの夏を思い出させる……確か、そんな設定でした。母親役の樹木希林さんが揚げているのが、おいしそうで、おいしそうで。いつか真似をしてみたいと思いながらも、カリッと揚げるのはむずかしいような気がしてなかなか実現しなかった。それから数年後、西荻窪の「のらぼう」で、私ははじめてとうもろこしのかき揚げを食べることになります。日記の中で何度も作っているのは、『たべもの九十九《つくも》』にレシピを載せるため（本にも記しましたが「のらぼう」店長のマキオ君の料理本『野菜のごちそう 春夏秋冬』を参考にさせていただきました）。衣が硬めなので、混ぜているときにちょっと心配になるかもしれませんが、大丈夫。誰が作っても、たまらなく香ばしいのが揚がります。

生のとうもろこしは、親指を倒すようにして実をバラバラにほぐします。枝豆は色よくゆで、サヤからはずしたものをとうもろこしより少なめに用意します。
揚げ油を中温（170℃）に熱している間に、とうもろこしと枝豆をボウルに合わせ、薄力粉大さじ6と片栗粉大さじ2をふり入れて、まんべんなくまぶします。ここに40mlの冷水を加えてさっくりと混ぜ、スプーンですくって、直径5cmほどの大きさになるよう木しゃもじの上で形作ります。そのまますべらせながら、そっと油に落とします。はじめはいじらずに、たねが浮いてきたら上下を返し、菜箸でつかんでみてジリジリいう振動が伝わってきたら揚げ上がり。熱いうちに、粗塩や酢醤油を添えてどうぞ。

2017年8月

ひとりで飛行機に乗るのは、生まれてはじめてのこと。

八月一日(火) 快晴

今日から八月。
なんとなく、寝ていられなくて六時に起きた。
暑い暑い。
冷たい水を一杯飲み、すぐに絵を描く。
朝ごはんの前に四枚描いた。
今朝は海が白い。
暑さで空気がけぶっているように見える。
二階の部屋にクーラーをいれて、「たべもの作文」。
「つ(つくね)」を書こうかな。
今日の「ムーミン日めくり」の言葉は……

「生きるって、すばらしいことだなあ。どんなものでも、なんの理由もなしにいっぺんにかわることがあるんだねえ」(『ムーミンパパ海へいく』地の文。ムーミントロールの心情)

餃子（冷凍しておいたもの）
茄子のフライパン焼き

午後からは、不思議と暑さがやわらいできた。

夕方、クーラーみたいな風が、山からも海からも吹いてくる。

びっくりするほど強い風。

けっきょく「つ」は書けず、絵がたくさん描けたので、編集者さんにお送りすることにした。

四日にデザイナーさんとお打ち合わせだそうなので。

そうだ。

ここで宣伝です。

こんどの絵本は、アリヤマ君にデザインしていただくことになった。

名前は、『くんじくんのぞう』といいます。

ちよじの息子のくんじがモデルです。

順調にゆけば、十月中旬にあかね書房から発売されます。

みなさん、どうぞ愉しみにしていてください。

夜ごはんは、餃子（この間冷凍しておいたものを焼いて、ポン酢醤油&大根おろし&七味唐辛子で食べた。おいしかった！　夏にぴったり）、茄子のフライパン焼き、ご飯（梅入りゆかりふりかけ）。

八月四日（金）
晴れのち夕立

六時に起きた。

セミは五時から騒がしいし、光が眩しかったので。

朝ごはんを食べ、メールのお返事を書いたり、「たべもの作文」の「つ」を書いたり。

気づけば夕方だ。

海のいちばん向こうに黒っぽい雲があり、霧のようなものがぼんやりはためいている。

カーテンのよう。

あそこだけ大雨が降っているのだ。

雨のカーテンは、じわじわとこちらに向かってきている。

海は灰色、波紋も見える。

ときどき二階の窓辺に立っては、掃除機をかけ、雑巾がけもした。

きのうは器についての取材で、若い人たちがたくさんいらした。

お借りした備前焼のお皿に、うちの器もとり合わせ、料理を作って撮影した。

これは、九月二十三、二十四日に大阪の天王寺動物園（「てんしば」という芝生広場）で開かれる備前焼のイベントのチラシになるのだそう。

大阪の人たちはいいカットが撮れると、「めっちゃ、ええやん」と言う。

「めっちゃ、おいしそうー！」「めっちゃ、おいしいー！」

スタッフは三十代だろうか。企画会社の女の子も、デザイナーもライターさんも、カメラマンももちろんみなプロなのだけど、一生懸命で初々しく、なんだか可愛らしかった。

小学生が真剣に壁新聞を作っているみたいで。

撮り終わったものは、その場でもりもりとどんどん食べてくれるから、私はみんなのためにごはんを作ってあげているような気分だった。

料理は、ふだん私が作っているものばかり。

大葉の醤油漬け、オクラとみょうが入り納豆、土鍋ご飯、ゆで餃子、小松菜の煮浸し、ゴボウのキンピラ、キンピラの白和え、チキン・ビリヤーニ（焼きトマト添え）。

声をかけてくださった對中《たいなか》さんは、前に「iTohen《イトヘン》」でマメちゃんとトークをしたときに聞きにきてくれた方で、ピクニック・コーディネーターなのだそう。

「ピクニックは、持ち寄りと交流を意味する言葉なんです。僕は、食を通した街づくりや、他にはランドスケープ・デザイナーとして、お庭や屋外の設計をしています」とのこと。

撮影が終わって、對中さんがいれてくださったコーヒー、おいしかったなあ。

私とライターさんが話している机の脇で、床にかしこまっていれていた様子は、なんとなく野点《のだて》のようだった。

そんなふうにして、野外でコーヒーをいれることもよくあるそうだ。

「ここに座っていると、窓からまっすぐ空につながっているようです」とおっしゃっていた。


きのうのこと、少しだけ書けた。

部屋がきれいさっぱりしたころに、あたりは白く、とうとう雨が降り出した。

ツバメが空を旋回している。

翼をひるがえし、気持ちよさそうに飛んでいる。

そのうち土砂降りの雨。

電線にとまっていた十羽ほどのツバメは、四羽になった。

その四羽は土砂降りの中、ずっととまっていた。

尾羽を振ったり、翼をバタつかせたりしながら、がまんくらべをしているみたいに。

羽が濡れても大丈夫なんだろうか。

汗をかいたので、早めにお風呂に入ってしまう。

お風呂から上がってもまだ、四羽はそこにいた。

羽がかなり濡れているみたい。

豚バラ肉とツルムラサキの醤油炒め
冷たい味噌汁（豆腐、みょうが）

ツバメは雨が好きなのね。

そのうち晴れてきた。

向こう岸の建物の列が、海の縁ぎりぎりに光っている。

海を縁どる波のよう。

空と雲は、ソーダアイスの色合い。

ツバメはいつの間にやらいなくなった。

夜ごはんは、雨上がりの窓辺で。

豚バラ肉とツルムラサキの醤油炒め、冷たい味噌汁（冷蔵庫にあっただし汁に味噌を溶き、さいの目に切った豆腐と刻んだみょうがを混ぜた）、ご飯（梅入りゆかりふりかけ）。

豚肉とツルムラサキの醤油炒めが、とてもおいしかった。

豚バラ肉におろしにんにくをまぶしておいて、ごま油で炒め、色が変わったらツルムラサキ（茎の太いところはそぎ切り）を加えて炒め合わせた。味つけは酒と醤油だけ。醤油は控えめに。

何の工夫もないようなこんな料理が、夏にはいちばんおいしい。

きのう、『帰ってきた日々ごはん③』が刷り上がり、アノニマから届いた。

マメちゃんの海の表紙、とってもいい。

今の季節にどんぴしゃだ。

ゆうべ、寝る前にベッドの上で読んだ。

窓からはひんやりした風、ピカピカの月。至福の時間だった。

もう、半分くらい読んでしまった。

八月五日（土）
晴れのち曇り

今朝は、セミの声が山の方からも聞こえていたみたい。

頭のまわりをぐるりと囲まれている感じがして、目が覚めた。

窓を閉めていても、聞こえるのか。

朝からちくちくお裁縫。

刺繍をやってみた。

「暮しの手帖」の前の号を見て、チェーンステッチを覚えたので、もうそればっかり。

でも、それだけで充分。細かなステッチがとても楽しい。

ズボンに染みがついてしまったところの、染み自体を模様に見立て、まわりを囲むようにステッチしている。

刺繍って、図案を写したり、木枠をはめたりしなくてもちゃんとできるのだな。

ひと針ひと針ていねいに刺していきさえすれば、それなりに感じのいいおもしろいのができる。

お昼ごはんに焼きそばを作って食べ、「たべもの作文」の「て（店屋もん）」を書いてお送りしたので、三宮へ。

眼鏡屋さんに用事があるのと、刺繍糸を買いに「ユザワヤ」へ行ってこよう。

今日は花火大会だから、ずいぶん街が賑わっていた。

電車の中や駅では、浴衣の女の子たちをたくさん見かけた。

ピンクの花柄の浴衣が多かった。

髪を編み込んできれいにまとめ、素足の爪もピンクに染め上げて。

いかにも初々しく、隣に立ってじっとみつめてしまいたいほど可愛らしい子もいるし、せっかくの浴衣姿なのにいつもと変わらない歩き方の子、帯がずいぶん下で結ばれている子、帯がほどけかかっている子。襟もとが開き過ぎている子、リュックをしょっている子もいた。

初々しい子も、化粧が華やか過ぎる子も、変な着付けの子も、みんなとても可愛らしかった。

色とりどりにヒラヒラして、なんだか金魚みたいだった。

女の子たちが金魚に似ているのか、金魚が浴衣の女の子みたいなのか分からないけど。

花火の日の浴衣は、やっぱり若い娘たちのものだ。

六甲に着いて、「いかりスーパー」と「コープさん」へ。

風呂上がりに夜ごはんを食べながら、二階で花火見物。

夜ごはんは、ちらし寿司（「コープさん」の高野豆腐や錦糸卵がのったちらし寿司。それとは別にサーモンのお刺し身を買ったので、ヅケにして、細切りの大葉とのせた）、焼き茄子とゆでオクラ、梅酒ロック。

サーモンのヅケは即席。

お刺し身についているワサビを醤油に溶き、ごま油をちょっと、みりんをほんの少し加えただけ。

これで充分おいしくできた。

梅酒を呑みながら眺めるも、いつまでたってもはじまらない。

遠くで音がするような気がするけれど、なんとなしに曇っているから、やっぱり今日は見えないのかも。

去年は佐渡から帰ってきた翌日で、中野さんとふたりで屋上に上って見た。

もう、あれから一年がたったのか、なんて思っていたら、七時半からはじまった。

神戸湾の水面から空の上まで、とても大きく、よく見える。

ドンッドンッ、ドカドカ、華やかなのが次々に上がる。

ピンクや緑や黄色が混ざったようなのや、ハート型のやら重なるように上がって、賑やかなだけで色気がない。

ひとつひとつ、もっと間隔を開けて上げればいいのに。

沈黙も大事なのにな。

私が好きなのは、昔ながらの大玉の赤か黄色。ドーンと上がって、ドッカーンとはじけ、一瞬だけ大輪の花となり、儚く消えるのがいい。

この間の、音のないえんとつ花火の方がずっとよかったな……なんて思いながら、ベッドに寝そべったりしながら見ていた。

けれど、フィナーレはものすごかった。

肌色の氷でできたような大輪が、短時間に重なって上がった。

円でも楕円でもなく、大きな滴のような、幻のお城が崩れていくような形。

花火の中から花火が湧いてきて、光が光を生み、絶え間なく広がっていくような。

そして、何もなかったように儚く消えた。

それはそれは見事で、私は窓辺につっ立ったまま姿勢を正して見た。

人って、あんなのも作ってしまう。

スゴイなあ。

そのことに、しばらくじーんとしていた。

花火のあとの、あっけからんと静かなのもまたいい。

夜空には、満月に近い月がぽつんと光っている。

ひとりの花火もなかなかいいもんだ。

八月八日（火）
晴れ時々雨

きのうから中野さんがうちに合宿していて、今は、私の後ろで絵を描いていらっしゃる。

この間の大きな絵の続き。

きのう一枚描いたから、四枚目の絵。

シャッシャッ、パツパツ、シャッシャと音がして、ふり返ると雨の絵を描いている。

そのうち外でも雨が降りはじめた。

お天気雨だ。

私は「たべもの作文」の「と（とうもろこし）」を書いている。

ときどきメールが届くと、チェックしながらやっている。

東京は今日、台風一過で猛烈な暑さなのだそう。

「気ぬけごはん」の編集の村上さんのメールには、「温泉の脱衣所のような暑さと湿気です」。

カクちゃんのは、「東京は昨晩、暴風雨でしたが、もうすっかり晴れ上がってカンカン照りです」とのこと。

六甲も台風一過だけれど、朝から涼やかな風が吹いている。

さっき、中野さんに言われて見たら、すべての窓のカーテンがいっせいに風を孕《はら》み、大きく膨らんでいた。

まるで、体の大きな天女の羽衣みたいだった。

また大雨。

こんどは空も暗く、バケツをひっくり返したような雨。

中野さんは、壁をたたきつけるように雨の絵を描いていらっしゃる。

そのうちにまた上がって、空の向こうの東半分が雨。残りは晴れて、海が青く光っている。

どこかで虹が出ていそう。

中野さんは五枚目の絵を描いている。

私は二階へ上ったり、洗濯物を干したりしながら、「たべもの作文」の「な（なす）」を書いてお送りした。

中野さんが絵を描いていると、私も文がはかどるみたい。

とてもいい調子。

そうだ。

ゆうべは暴風雨だったけど、もしかしてと思って四時ごろにカーテンをめくったら、空が晴れていた。

満月で、しかも月食がはじまって間もない時間だった。

西の空の高いところに、まん丸の月が輝いていた。

窓から見えるぎりぎりのところだったので、ベッドの上に立ち上がって見た。

そのうちにまた雲が出て、月は隠れた。

月食の様子はよく見えなかったけれど、とてもきれいだった。

東の空にはオリオンもよく光っていた。

夜ごはんは、ひき肉のソーセージもどき（豚ひき肉にソーセージ・スパイスと塩水を加えて練り、小さな平たい団子にして焼いてみた。出てきた脂で万願寺唐辛子を炒めた）、ツルムラサキと胡瓜の炒めもの（中野さん作）、「ポテロング」、ビール、梅酒のソーダ割り。

八月十日（木）曇り

今朝は湿気が多い。

海も空も白く、いつ雨が降ってきてもおかしくない天気。

でも空気は、なんか明るい。

夏はやっぱりいいな。

体の中にたまっていた悪いもの、滞っていたものたちが汗になってどんどん蒸発し、軽くなる感じがする。

そしてまた、きれいなものが体の中で新しく生まれる。

きのう呑んだビールも、ワインクーラーも、楽しかったつよしさんとの時間も、すーっと蒸発し昇華される。

起きぬけに、今朝はそんなことを思った。

きのうは、つよしさんが遊びにいらっしゃるので、中野さんの制作も中休みだった。

中野さんは朝から画材屋さんへ出かけ、私も一緒に坂を下りて「コープさん」に行った。

ふと思いつき、歯医者さんに寄って、歯石を取ってもらった。

東京にいたころには、三カ月にいちど歯医者さんに通って、クリーニングをしてもらっていたのだけど、神戸へ来てからははじめてのこと。

でも、わりときれいだったみたい。

表面も磨いてもらって、スッキリ。

汗をかきかき坂を上り、十回くらい立ち止まって、休みながら帰ってきた。

シャワーを浴びてから、ソーセージを作ってみた。

いつもの半分の量の三百グラム分。

さっさかと作って、うちの中でいちばん風通しのいい玄関に吊るしておいた。

ここは、山の風が吹いてくる。

そのうち中野さんが帰ってらした。

鶏のレバーや、鶏肉やら買ってきてくださった。

そして四時ごろに、つよしさんがいらした。

いろんな種類のビールと、イチジクと、おいしいチーズを持ってきてくださった。

私はもういちどシャワーを浴び、髪も洗って、外がまだ明るいうちからビールを呑みはじめた。

つまみは、切り干し大根の薄味煮（油揚げ）、切り干し大根の黒酢醤油漬けもどき（大葉、きび砂糖、醤油、赤柚子こしょう。黒酢がなかったので、かわりにバルサミコ酢でやってみた）、鶏レバーの塩焼き、鶏レバーの醤油煮、万願寺唐辛子とピーマンの焼き浸し、とうもろこしと蓮根のかき揚げ、自家製ソーセージ、とうもろこしの炊き込みご飯。

ソーセージは、水塩というのがあったので（自家製醤油を作るときに使った残り）、塩と水のかわりに適当な量を加えてみたのだけど、しょっぱ過ぎた。

今朝はもう、中野さんは白い紙を壁に貼り、絵を描きはじめている。

私は洗濯したり、お昼ごはん用のサンドイッチを作っておいたり、掃除をしたり。

二階にパソコンを持ち込み、今はこうして日記を書いている。

さて、今日は何をやろうかな。

文庫本の解説の仕事をいただいているので、ちょっと書きはじめてみよう。

まだ、お受けするかどうかは、返事をしていないけれど。

中野さんが七枚目、八枚目の絵を描いている間、私はベッドの上でゲラを読み込んだり、気になるところに付箋を貼ったりしながら、解説文を半分ほど書いた。

これなら書けそうだ。

キャベツと人参のサラダ
ケチャップ・チキン丼（中野さん作）

明日、編集さんに「お受けします」とメールをしよう。

五時くらいまでやってシャワーを浴び、「今日も、よくがんばったビール」。

夜ごはんは、キャベツと人参のサラダ（すりごま、酢、薄口醤油、ごま油）、万願寺唐辛子とピーマンの焼き浸し（きのうの残り）、ケチャップ・チキン丼（中野さん作）。

ケチャップ・チキンは、中野さんの親戚のおばあさんがよく作ってくれたものだそう。

鶏肉を皮目からジリジリと焼いて、焼き目がついたら裏返し、火が通ったらタレ（酒、みりん、醤油、麺つゆの素ちょっと、きび砂糖をよく混ぜておく）を加えて煮からめ、汁が少し残っているくらいで火からはずし、ケチャップをたっぷり。

つまり、照り焼きチキンの仕上げにケチャップをからめるということみたい。

炊きたての白いご飯の上に、テリテリのケチャップ・チキン。

それが、たまらなくおいしかった。

にんにくの味がほんのりして、ちょっとエビチリにも近い味。

鶏を炒めるとき、にんにくの薄切りを少し加えたとのこと。

八月十二日（土）快晴

六時前に目が覚め、カーテンをめくると、すでに眩しい空。

光る雲の銀色の輪郭と、白いところとのコントラストがくっきりしている。

雲と雲の間には、洗濯したての青空がある。

どの色の絵の具をどんなふうに使えば、こんな空が描けるのだろう。

こういうの、中野さんは描けるんだろうな……と思いながらもういちど目をつむり、七時半に起きた。

中野さんの合宿もいよいよ最終日。

階下に下りると、窓辺でグレープフルーツ・ジュースを飲んでいた中野さんが、「なおみさん、今朝は遠くまではっきり見えます」と言った。

私もさっき、同じことを思っていた。

今日の空気は秋のように澄んでいる。

空の光り方が尋常ではない。

朝ごはんにハムトーストを焼いて食べ、中野さんは続きの絵。

九枚を描き終えたので、十枚目に向かっている。

今日は中野さんの顔が険しいような感じがする。

精悍というか。

台所に立って洗い物をしながら、ときどきギューッと目をつぶったりしている。

声も低く、言葉少な。

私は二階で解説文の推敲（きのうのうちに、ほとんど書けたので）。

カーテンのあたりで朝からブンブン唸っていた蜂が、部屋のまん中で飛びまわるようになった。

こちらが何もしなければ刺されはしないだろうけれど、中野さんを呼んで追い出してもらった。

ベッドの足に開いた小さな穴（ねじの穴）から、出たり入ったりしていたので、私はガムテープでふさいだ。穴に巣を作ろうとしているかもしれないので。

また解説文の続き。

下からガシゴシ、ギシガシ、テンテンテンテンと音がする。

コーヒーのおかわりをしに下りてみた。

戻りしな、階段の陰に隠れ、こっそりとのぞく。

お昼ごはんのときには、全面きれいなブルーだった絵は、広々とした原っぱのような奥行きのある黄緑色になっていた。

木や花、生き物らしきもの、何かの線が見える。

筆の先の方を右手でつかみ、中野さんは体全部を使って描いている。

首も背中もまっすぐ。足もまっすぐ。

ときおり膝をつき、じっと絵を見る。

首も背中もまっすぐなままで、お侍さんか、お坊さんのよう。

空気が張りつめている。

写真を撮りたいけども、そんなことをしたら空気にヒビが入る。

『どもるどだっく』も『たべたあい』（どちらも大きな絵）も、こんなふうに体を使って描いていたのだな。

さ、私も続きをやろう。

窓にはでっかい雲。

どこまでも広がる青い空、青い海。

夜ごはんは、ピーマンの肉詰めを作る予定。

今夜もまた、壁に貼った大きな絵を眺めながら、「今日も、よくがんばったビール」をおいしく呑めるよう、私もがんばろう。

八月十八日（金）
大雨のち晴れ

朝方、雷鳴が響き、雨が降った。

しばらくして大雨になった。

ゆうべはなんだか、ずっと眠れなかった。

十時にはベッドに入ったのに、柱時計が十一回鳴って、十二回鳴って、一回鳴って……

そのあともずっと聞こえていた。

なかなか寝つけなくて、何度も寝返りを打ち、ようやくうとうとしてきたところで、大きな大きな雨音。

目をつむっていると、部屋の中で降っているような気がしてくる。

投げ出した体に、あとからあとから雨が降りかかる。

しばらくして目を開けると、間仕切りのカーテンがはためいて、青白く光っていた。

タルコフスキーの映画みたい。

怖いくらいにきれいだった。私は半分寝ぼけていたのかな。

この一週間は、いろいろな楽しいことがあって、日記がまったく書けなかった。

お盆には、中野さんの実家に泊めていただき、二泊三日をご家族と過ごした。

毎晩ぐっすり眠り、よく食べ、よく遊んだ。

ユウトク君と中野さんとお墓まいりにも行った。

寝ている間中ずっと、中野さんの家族と、ご先祖と、家と、庭と、ミツ（死んでしまった飼い猫）と一緒に眠っているみたいな感じがしていた。

なんだかとても安らかだった。

お盆だから、みんな帰ってきていたんだろうな。

窓を開けて寝ていたので、朝はいろいろな音がした。

セミが鳴く。外の道を近所の人が歩く。ソウリン君がトイレに起きたらしい声。七時にはサイレンの音楽が遠くから聞こえてきた。

お母さんの掃除機の音、洗濯機をまわす音。

子どもたちが廊下を走る音。

起きて、洗面所で顔を洗っていると、ユウトク君とソウリン君が走ってきて、「なおみしゃん、おはようございましゅ」なんて。

夕方になると仏壇の前に集まり、お父さんが中心となって御詠歌《ごえいか》を唱えた。

でも、誰もが参加しなくてはならないわけではないらしく、ユウトク君は中野さんと庭で虫とりしたり、とちゅうから参加して、居間を走りまわったり。

私は最初、台所で夕飯の支度をしながら聞いていたのだけど、中野さんとユウトク君の後ろに離れて座った。

着いた日は、みんなで近所の焼き肉屋さんへ行った。タン塩からはじまって、いろんな肉の部位を思い切り食べ、最後はホルモンをジュージュー脂を落としながら焼いて、ご飯にのせて頬張った。

家族のためのごはんは、お姉さんに手伝ってもらいながら、何を作ったのだっけ。

一日目のお昼は、スパゲティ（茄子、ソーセージ、トマトソースにはちみつを加えたら、ケチャップを入れたみたいな、子どもたちが好きそうな味になった）、夜ごはんは、鶏つくね、お刺し身（サーモン、ブリ、みょうがと大葉のツマ）、とうもろこしと枝豆のかき揚げ、つまみ菜のおひたし（お姉さん作）、サラダ（ユウトク君作。庭の胡瓜とミニトマト、大根、レタス）、焼き鳥（スーパーのを中野さんが買った）、ご飯（子どもたちは、鶏そぼろをふりかけて食べた）。

二日目のお昼は、ヅケにしておいたお刺し身と、鶏そぼろ（前の日に作っておいた）と錦糸卵でちらし寿司（庭の胡瓜の塩もみ、大葉、みょうがもちらした）、茄子のくたくた煮。

家族のアルバムも見せていただいた。

何をしても楽しく、満ち足りて、電車を乗り継いで六甲に着いたら、ずいぶん遠くまで行って帰ってきたような感じになっていた。

今日は、ひさしぶりのひとりの時間。

明け方の雨で、私の体はようやくここに帰ってきたことを分かったような。

今夜はよく眠れるかも。

とにもかくにも、今日はゆっくりと過ごそう。

ベッドで読書の日にしよう。

と思っていたのだけど、午後、インタビュー記事が送られてきて、夢中で校正をしていたら、気づけば七時半だった。

慌てて夜ごはん。

私はちょっと、夏バテかも。

夜ごはんは中華風焼きそば（空芯菜、オイスターソース味）。

八月二十日（日）晴れ

ゆうべはひさしぶりにぐっすり眠れた。

奥の奥まで体がゆるみ、夜中に目が覚めても、すぐにまた眠りに誘われた。

涼しいのもとても助かった。
七時に起きた。
起きてすぐ、やりたかったことをやる。
中野さんの家で、私は昔の絵をいろいろ見せていただいた。
その中に、絵本にするつもりだった絵の束があり、「なおみさんが言葉をつけてくださ
い」とおっしゃるので、借りてきた。
ゆうべ、風呂上がりにその束をめくり、眺めていたら、なんとなくうずうずとした。
枕もとのノートに、最後のひとことだけメモしておいた。
床にずらりと絵を並べ、頭の中に湧いてくるお話をたどりながら、絵の順番を少し入れ
替えた。
物語はすでに絵の中にあるので、そこに言葉を当てはめていく。
お昼前に、スイセイから事務まわりの電話があった。
私は毎日「野の編日誌」を愉しみに読んでいるので、だいたいのことは知っているのだ
けど、近況を報告してくれた。
お昼ごはんを食べたら、これから町内会の掃除があるのだそう。
山のふもとに奉ってある、プレハブのお社のまわりをみんなで掃除するらしい。

電話を切り、私もお昼を食べ、絵本の続きをやった。

どうやらできたみたい。

調子にのって、できかかっていたまったく別のお話もやる。

でも、もうそろそろ「おいしい本」を書きはじめなければ。

今回は、武田百合子さんの『あの頃』について書くつもり。

夜ごはんは、カレーライス（いつぞやに作ったココナッツミルク入りのポークカレーに、米茄子とズッキーニを焼いて加えた）、自家製ピクルス（胡瓜、人参、玉ねぎ）、大根サラダ（玉ねぎドレッシング）、ワインクーラー。

八月二十一日（月）晴れ

気がつけば、セミの声がずいぶん弱々しくなった。

夜は風が涼しいし、昼間も前ほどには暑くない。

今日から屋上に洗濯物を干せるようになった（しばらく工事をしていたので）。

今朝、管理人さんがわざわざ知らせにきてくださった。

午後から「おいしい本」をやる。

書きたいことを体にためておいたので、泡が吹き出すみたいに言葉が出てきた。

カレーライス
自家製ピクルス
大根サラダ

夢中になっていたから、本当の時間は分からないけれど、感覚としては一時間かからずにできてしまったような気がする。

締め切りはあさってだから、しばらく寝かせておこう。

なので、できかかっていた絵本の続きをやる。

これは東京にいたころからずっと温めているお話（二〇二〇年四月に『ふたごのかがみピカルとヒカラ』として刊行されました）。

つよしさんの絵を見て、動きはじめた。

夕方、一階だけ掃除した。

夜ごはんの支度を簡単にすませておいて、汗をかきながら雑巾がけをし、お風呂に入った。

風呂上がりは床も体もつるっつるで、爽快感がたまらない。

夏の掃除は夕方にするのがいいかも。

もう夏は、終わろうとしているけども。

ごく薄いスプリッツァー（ワイングラスに白ワインを二センチほど入れ、炭酸で割り、氷をふたつ浮かべた）を近くに置き、暮れゆく空と海を眺めながら夕飯の支度をした。

夜ごはんは、韓国風ぶっかけそうめん（ワカメ、ゆで卵、明太子、胡瓜、大葉、キムチ、豆腐)。

ぶっかけの汁はトリガラスープの素と、青唐辛子のナンプラー漬け(ずいぶん前に、高知のナオちゃんがくださったのを東京から持ってきていた)で味をつけた。

豆腐を加えるのは、ふつうのぶっかけそうめんにはおいしいのだけど、韓国風は合わないな。

八月二十三日(水)快晴

きのうから中野さんがいらしている。

暑さもぶり返し、夏が戻ってきたみたい。

『くんじくんのぞう』が大詰めなので、お互いに軽く相談しておいて、榎さんと電話で順番にやりとりをした。

とても順調に進んでいる。

あとは校正紙が送られてくるのを待つばかり。

今日は、ふたりともそれぞれの仕事にいそしむ。

中野さんは下で、これまで描いた大きな絵(二〇一九年四月に刊行された、『ミツ』という絵本のもとになりました)を並べ、『頭を巡らせてらっしゃる。

「シミュレーションをしています」とのこと。

私は二階で「おいしい本」の推敲。

一時には仕上がり、お送りした。

お昼ごはんは中野さんがこしらえた。

韓国風オムソバ（いり豆腐入りの焼きそばを、薄焼き卵でくるんである。上にのせたケチャップには、コチュジャンと海苔の佃煮が混ぜてあった）&自家製ソーセージ（きのうのうちに私が作っておいた。ためしに鶏レバーを混ぜてみたら、最高にうまくいった。レバーが入っているので十分近くゆで、それから焼き目をつけたのだそう）。

肉の割合は、豚の粗びき二百二十グラムに、レバーが百グラムほど。

ソーセージスパイスとナツメグも、いつもより多めにしてみた。

フランスでこんなのを食べたような気がする。

ちょっと、血のソーセージにも似ているような。

やわらかめのマッシュポテトを添えたら、大ごちそうになりそうだ。

秋になって、どなたか編集者さんがいらっしゃることになったら、また作ろう。

さて、ひき続き私は、二階で書き仕事。

「たべもの作文」の「に（にんにく）」と「ぬ（ぬか漬け）」を書く予定。

夜ごはんは、串揚げいろいろ（いんげん、じゃが芋、椎茸、米茄子、ズッキーニ、ウィンナー）。

私が手伝ったのは、野菜類を切ったのと、卵水と小麦粉を混ぜた衣を用意しただけ。中野さんがパン粉をまぶし、順番に揚げてくださった。

私は揚げたてを一種類ずつ、天ぷら屋さんみたいにして食べた。

いんげんは一本ずつに衣をつけて揚げてあり、つまむところを一センチほど残してある。色が浅く、とてもきれいに揚がっている。

中野さんは実家で揚げ物の係なのだそう。

お母さんやお姉さんが衣づけしておいたのを、中野さんがいっぺんに揚げるらしい。

ふたりともご飯を食べずに、フライだけ思い切り食べた。

揚げたては、それぞれの野菜の味や香りの違いがくっきりとしていた。

野菜の持つ繊維の組織の違いまで、こんなにちゃんと味わえるのは、人が揚げてくれたのを食べたからだと思う。

ズッキーニも、米茄子も、それぞれにとってもおいしかったけど、いちばんはやっぱりいんげんだった。

細くて短めのいんげん。

「コープさん」で、小袋に十本ほど入って二百八十円。

ちょっと高めだったけど、奮発してよかったな。

八月二十四日（木）快晴

きのうも今日もとても暑い。

今年はずいぶん残暑が厳しい気がする。

というか、去年の夏はどんなだったっけ。

なんだかずいぶん前のことのような気もするし、たぶんすぐに忘れてしまうんだと思う。

夏の暑さは、夏を味わっているまっ最中にしか知覚できない。

お昼に、ソーセージとズッキーニと茄子のスパゲティ（ホワイトソースにしたら、ちょっともっそりとした味になってしまった）を作って食べ、中野さんをお見送りがてら坂を下りた。

「暑いですね」と言い合いながら、ゆっくりと坂を下り、いつもの神社でお参りをした。

中野さんは子どもみたいに、日陰から日陰まで走って下りていた。

私は日傘を差し、ゆらゆらと。

セミの声がずいぶん弱々しくなったけれど、太陽はまだまだ強烈だ。

乾き切った地面が、暑い匂いの空気を陽炎《かげろう》のように上らせている。

うまく息ができない。

コンビニで冷たいジュースを買って、飲みながら歩いた。

八幡さまの日陰でしばし休憩。

六甲駅でお別れし、中野さんは三宮方面へ、私は駅の近くの銀行に換金をしに行った。

けれど、ユーロの換金はできないとのこと。

ひと足遅れて私も三宮へ。

インターネットで調べておいた「みなと銀行」はすぐにみつかり、ぶじ換金できた。

こぢんまりとした、昔気質のとてもいい雰囲気の換金所だった。

関西空港行きのリムジンバスと、券売機も確かめることができた。そこは三宮に行くたびにいつも通る、とてもよく知っている場所だった。

来週から私は、一週間ほどポルトガルに出かける。

旅のメンバーやその目的は、ここにはまだ詳しくは書けないけれど、東京の仕事仲間たちは羽田から向かうので、私だけひとりで別の飛行機に乗る。

乗り継ぎのアムステルダム空港で、待ち合わせだ。

ひとりで飛行機に乗るのは、生まれてはじめてのこと。

なんだか「はじめてのおつかい」のよう。

厚揚げとピーマンの甘辛煮
鯵の干物
大根の味噌汁

というわけで、来週は日記をお休みします。

夜ごはんは、厚揚げとピーマンの甘辛煮、鯵の干物、大根おろし、大根の味噌汁、納豆、ご飯、大根の漬物。

なんだか大根ばかりになってしまった。

「ムーミン」を見ながら、夜ごはんを食べているうちにくったりとなる。

私は今日、暑気にあたったのかも。

太陽はもちろん、アスファルトから上ってくる熱気が尋常でなく、ウズベキスタンの砂漠を思い出したくらい。

お風呂に入ったらすぐに寝よう。

八月二十六日（土）
ぼんやりした晴れ

明け方、急に雨が降り出し、窓から風が吹き込んだ。

それがとても気持ちよかった。

もっと降って……もっと吹いて……と思いながら、ベッドの中で目をつぶっていた。

体に染み込む、染み込む。

じっとしていると、雨は耳のまわり、首の後ろ、頭の下の方から聞こえてくるみたい。

そうだ。

きのうの朝だったか、お話が浮かんでくるときのことをぼんやり思いながら寝ていて、「ああ、ここから湧いてくるな」と分かる場所があった。

絵を見てすぐにとか、しばらくたってからとか、出てくるタイミングはいろいろだけど、いつも同じ場所からやってくる。

それは頭の下（脳みそより下）の方。

ストーリー・テラーの語り口とともに、登場人物の話しぶりや声が聞こえてくる。

実際の声として聞こえるのではなく、文字となって聞こえる。

脳みそを使っている感じはない。

そのあとで、流れや組み立てを司るのは、靴屋の小人みたいな人たちが五人くらい集まって、なんやかんや言い合いながらコチョコチョとやっている感じ。

「こうしたらいいんじゃない？」「いやいや、こっちの方がもっといいよ」「えー、そうかなあ」「これはどう？」「分かんなくなってきたから、もう明日にしようよ」「うん、そうしよう」

今日から秋の気配。

お弁当
（ウインナー、手綱コンニャク、ひじき煮）

窓から、（あれ？　クーラーをつけてたっけ）みたいな風が吹いてきて、そのたびにハッと驚く。

玄関を開けなくても、扇風機をつけなくても充分過ごせる。

そんな中、旅の支度。コンニャクを煮たり、ひじきを煮たりしながら。

あとで、「たべもの作文」の「ね（ネスカフエ）」を書こうかな。

けっきょく作文はできず、旅に持っていくパジャマ代わりのシャツに刺繍をした。

漂白剤が飛んで、白くて丸いシミができていたところを、グレーと青のチェーンステッチで埋めているうちに花の形になり、そこから茎を伸ばしていったら、ツル植物のようなものになった。

夕暮れどき、窓が赤っぽいような気がして見ると、街全体が小豆色に染まっている。

小豆のゆで汁のような色。

空に浮かぶ雲だけは、ふつうの茜色。

夜ごはんは、お弁当（お昼に炊いたご飯をお弁当箱に詰めておいた）。おかずはウインナー、手綱コンニャク、ひじき煮（厚揚げ、コンニャク）、大根の味噌汁（落とし卵、ねぎ）。

＊8月のおまけレシピ

中華風焼きそば

焼きそば用蒸し麺（太め）1玉　にんにく1片　レタス2〜3枚
目玉焼き1枚　オイスターソース　その他調味料（1人分）

日記では空芯菜を使っていますが、手に入りにくいので、代わりにレタスで作ってみました。夏には大きなレタスが安く出まわるし、とくに外まわりの葉は炒めるとシャキッとしてとてもおいしいから。焼きそば用の蒸し麺は、太めのものがあればぜひ使ってみてください。もちっとした麺の旨みが際立ちます。豚肉や鶏肉を加えてもいいけれど、レタスだけのシンプルなのが私は好きです。ちょっと薄味かもしれませんが、麺とレタスそのものの味を楽しんでください。ところでみなさんは、レタスをどのように保存していますか？　私はいちばん外側の濃い緑の葉をとっておき、使いかけのレタスの芯の部分を中心に巻いて、さらに新聞紙でふわっと包んでから、厚手のビニール袋へ。冷蔵庫の野菜室で保存すれば、10日くらいはみずみずしいままです。

にんにくは芽を取りのぞいて薄切りに、レタスは手で大まかにちぎっておきます。フライパンにごま油大さじ½を中火で熱し、にんにくを炒めます。香りが立ってうっすらと色づいたら一度取り出し、袋から出した麺をほぐさずにのせます。強火にしてしばらく放っておき、両面を焼きます。
麺に軽く焼き目がついたら菜箸でほぐし、上にレタスをこんもりとのせ、塩をひとつまみ。大さじ2の水をふりかけてフタをし、中火で蒸し焼きにします。麺に火が通ったらにんにくを戻し入れ、オイスターソース大さじ⅔、醤油小さじ½を加えて、全体にからむよう菜箸で混ぜながら炒め合わせます。黒こしょうをたっぷりひいて皿に盛りつけ、半熟の目玉焼きをのせてください。

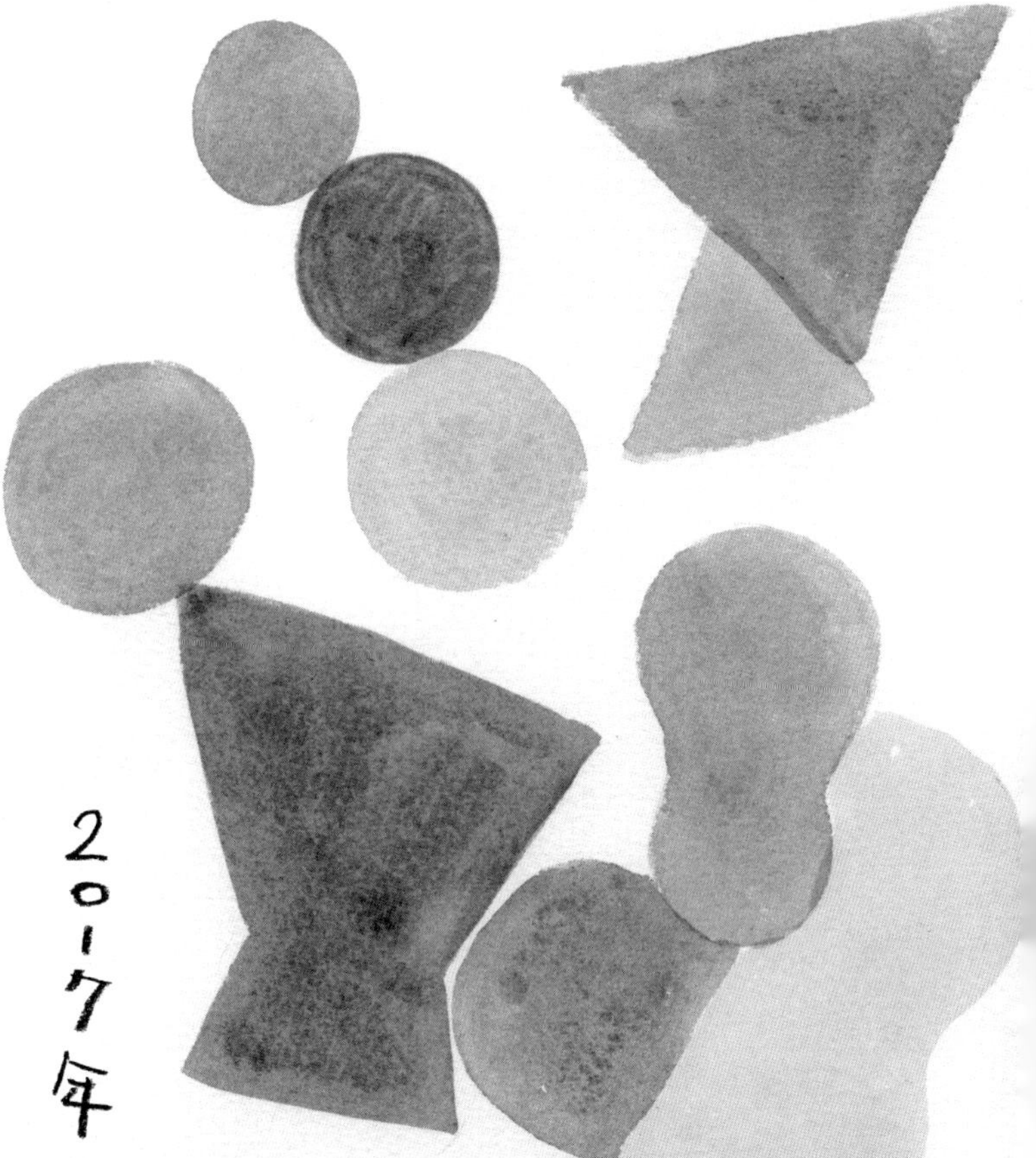

2017年9月

そう、その言葉にぴったりの匂い。

九月三日（日）

※天気を記録するのを忘れました。

羽田に着いたのは、夕方の六時半。そのまま新幹線で帰ってきた。

飛行機に乗っていた時間がとても長かったので、東京駅からの三時間半などあっという間。寝ている間に着いてしまった。

ポルトガルは直通便がないから、行きはアムステルダム、帰りはパリ経由で。待ち時間を入れたら十八時間以上かかる。

飛行機の中では、行きも帰りもずっと眠れなかった。

夜の十一時ごろ、タクシーで帰ってきたら、部屋の電気がうっすらとついていた。

旅に出ている間、中野さんがひとり合宿をしていたので。

部屋に入ったとき、カーテンが白くて、空気もしんとして、私がいるときよりも清らかな感じがした。

出迎えてくださった中野さんは、水面がちらちらしているみたいな笑い方で、そっとそこにいる。

もう寝ていたらしい。

夜ごはんは、牛肉そぼろともやし炒め（にんにく、ねぎ入り）に麦ご飯。とてもおいしくできたのだそう。

ごはんを食べそこねたと私が言うと、ミートボール（イシイの）を温めてくださった。

私は冷やご飯を茶わんによそり、大葉の醤油漬け、割干し大根の黒酢醤油漬けを冷蔵庫から出して食べた。

イシイのミートボールは、高校生のときによくお弁当に入っていた懐かしい味。

ポルトガルではご飯ものをほとんど食べられなかったので、冷たくなったご飯もとてもおいしかった。

お風呂に入って、中野さんがつけていたここ数日の日記を読みながら寝た。

中野さんは下で絵に囲まれて寝ている。

ここにいる間に十六枚も描いたのだそう。

この間の続きの、畳よりも大きな絵だ。

明日、見せていただける。

九月四日（月）晴れ

くたびれているはずだから、朝寝坊しようと思っていたのに、なんとなく寝ていられなくて八時半に起きた。

中野さんはもうとっくに起き、コーヒーをいれている音がする。
香ばしい匂いがするなと思ったら、朝ごはんにライ麦パンを焼いていた。
フライパンでゆっくり空焼きして、冷たいバターをひとかけ。
このパンが、ポルトガルでよく食べていたのにそっくりな味だった。
六甲駅のスーパー「オアシス」で、安売りのを買ったのだそう。
まるで、おいしいパン屋さんのみたい。
私はゆっくり動く。
スーツケースの中身を出して、もとあったところに戻したり、洗濯機をまわしたり。
お土産を出して、包みをひとつひとつ開いたり。
長い時間かけてやっていた。
中野さんもゆっくりと静かに動く。
まるで自分の部屋にいるみたいに動く。
なんか、おもしろい。
『くんじくんのぞう』の色校正が届き、確認をした。
お昼ごはんは、私のリクエストでお弁当を作ってもらった。
ご飯は炊きたて、まん中にちぎった梅干し（打ち合わせに行ったとき「nowaki《ノワキ》」

のミニちゃんが持たせてくれたのだそう)。

おかずはイシイのミートボール(ゆうべの残り)に、卵焼き、チンゲン菜と鶏肉(ゆかりがまぶしてあった)のにんにく炒め。

食べ終わり、それぞれお昼寝。

榎さんからの電話で起きる。

そのあとで、絵を見せていただいた。

一枚一枚壁に貼り出し、ぽつりぽつりと話を聞きながら。

ドキドキしながらも、心はどんどん鎮まっていく。

これはきっと、中野さんの力作の絵本になるだろうな。

もう、何年も前から、編集者の方が待っていてくれた絵本の絵だ。

「僕は、描けないと思います」と、ずっとおっしゃっていた絵。

夏の間からうちに泊まって何枚も描いていたのに、またぜんぜん違う絵ができている。

私は、めくるめく繰り広げられる中野さんの世界を眺めながら、頭のまわりにイメージがふくらんでいる。

これまで、とぎれとぎれに聞いていた言葉と絵がつながって、物語が立ち上がろうとしている。

それは至福の時間だった。

こういうのを味わうために、私はここへやってきたのだな。

中野さんがいる世界は、私からは千も、万も、億も、遠く離れたところにあり、そのことが嬉しいような、頼もしいような、誇らしいような。

胸がきりきりとしぼられるような感じでもある。

スイセイのことも、そんなふうに感じていたはずなのに、何十年も一緒にいるうちに、私はスイセイの創作意欲をくじくようなことばかりしてきた。

「野の編日誌」を読んでいると、今スイセイは、これまでずっと温めていたやりたかったことを、実現しつつあるのだと感じる。

「四時の鐘が鳴る。もう一枚描く。大切なのは、描くことよりも、描けないことにある。そんな一枚。描くことで、伝えられるものなんてあるものか」

八月三十一日の中野さんの日記には、こんなふうに書いてあった。

その日はたいへんな大風で、家中のものがあちこちに飛ばされたのだそう。

廊下の網戸もはずれ、大きな音をたてて玄関の壁にぶつかった。

音を聞きつけ、管理人さんがすぐに上ってらした。

壁に貼ってある紙類ははがれ、飾ってある植物、階段の小窓の人形も落っこちた。

私のベッドの上には、細かな葉っぱや砂埃がいっぱいたまっていたのだそう。

中野さんは窓を閉めずに絵を描いていたらしい。

「そういう日は、窓を閉めるんです」と私が言うと、「閉めたくなかったんです」とおっしゃる。

ずっと吹きっさらしにしておいて、次の日に大掃除したのだそう。

夜ごはんは、カシューナッツとポテトスナック（ポルトガルのお土産）、焼きピーマンと焼き茄子のマリネ（バルサミコ酢とオリーブオイル）、トマトサラダ（生の玉ねぎを散らし、バルサミコ酢ドレッシング、オレガノ、ポルトガルの粗塩をパラパラ）をつまみながらロゼのワイン（中野さんのお土産）を呑む。

ひさしぶりの夜景は、海のまん中あたりに新しい光が増えていた。

ちらちらとアーチ型にたなびく、小さな光。

九月五日（火）晴れ

朝起きたら、中野さんが台所で何か炒めものをしていた。

にんにくのいい匂いがする。

私はお風呂。

チョリソー＆焼きじゃが芋
茄子のグラタン＆リゾット（中野さん作）
キャベツの塩もみサラダ

風呂上がりに朝ごはん。

「バイキング形式にしました」

それぞれが食べたいおかずを取って食べる、という意味みたい。

オイルサーディンともやしとピーマンの炒めもの、鶏肉とキャベツのケチャップ炒め、納豆（卵とねぎ入り、ふわふわに泡立ててある）、麦ご飯。

きのうにひき続き、洗濯物を屋上にたっぷり干した。

私はけっこう元気。

中野さんの絵を眺めたり、本をめくったりしながらぼんやり過ごす。

二階の鏡がピカピカ。

私が留守の間に、ハーッと息を吹きかけ磨いたのだそう。私はいつも、アルコール除菌液を吹きつけて磨くのだけど、それほどピカピカにはならない。

そうか、そうやればいいのだな。

夜ごはんは、ポルトガルのお土産料理を私が作って、ポルトガル土産のヴィーニョ・ヴェルデ（若い葡萄で作った微発泡の白ワイン）を開けた。

チョリソー＆焼きじゃが芋（メイクインを丸ごとゆでて厚切りにし、ローリエで香りづけしたオリーブオイルで焼いたのを、お皿のまわりに敷き詰めた。焦げるくらいに香ばしく焼いた厚切りのチョリソーをまん中に）、茄子のグラタン&リゾット（中野さん作）、キャベツの塩もみサラダ（ドレッシングがわりに、ゆうべのピーマンマリネ液の残りをお皿に敷いた）。

リスボンの市場で買ったローリエは、ちぎると森みたいな芳香が立ち上る。

九月八日（金）快晴

今日はポルトガルから帰ってきて、何日目なんだろう。

水曜日には、中野さんをお見送りがてら川沿いを歩いて下った。

夏になる前だったか、もっと前だったかな。台所の小さな棚を作るのに拾ったタイルを、川に還したいとずっと思っていたので、欠片を持っていった。

自動販売機でメロンソーダを買い、流れに足を浸けていたら、「なおみさん、見たことのないきれいな色のトンボが飛んでいますよ。お腹のところが、今還したタイルと同じ色」。

本当に。それは、水の底に沈んでいる欠片とそっくり同じ、水色にグレーを混ぜたような色のトンボだった。

「六珈」さんでコーヒーを飲み、ポルトガル土産の小さなお菓子とちらしを届けた。

中野さんを駅までお見送りし、そのあとで「MORIS《モリス》」に寄った。

ヒロミさんがひとりで留守番をしてらした。

今日子ちゃんは今朝、サンタフェへ旅立ったのだそう。

ルイボスティーと、チョコレートとあんこのケーキをいただいて、少しだけお喋り。

買い物を少しして、タクシーで帰ってきたら、なんだか私はとてもくたびれていた。

お風呂に入って、「オアシス」で買ったクリームコロッケと大根の味噌汁、麦ご飯を食べ、すぐに寝た。

きのうは、ごはんも食べずにずっと寝ていた。

中野さんがいる間に寝室の模様替えをしたので、ベッドも机も鏡台も本棚も、まるでずっとこうしてほしかったみたいに落ち着いて、私もようやくぐっすり眠れたんだと思う。

ぼこっ、ぼこっと口から大きな泡を出し、水の底に沈んでいた体が上ってくるような感じ。

飛行機に乗ってひと晩で帰ってきたけれど、ポルトガルは遠いところだもの、そうやって少しずつ戻っていかないと。

そうそう、いつかの夜中に眠れなくて目を開けていたら、「フガフガ、ブヒブヒ、キュルキュル」と聞き慣れない声がした。

タラのおぼろ弁当
茄子の炒め煮
大根の味噌汁

思い出した、満月の夜だ。

見ると、ウリボウが二匹歩いていた。

先を歩いていた一匹が戻ってきて、水たまりで足ぶみしたりして。

そのあと、ずいぶんしてから母親のイノシシが歩いてきた。

堂々とした貫禄の、銀色の毛の、豚のように柔らかそうな体がたゆたゆと揺れていた。

今朝もまだ、ゆらゆらとして、頭の芯があるべきところに定まっていないような感じ。

これが有名な時差ボケだろうか。

それでもあちこち掃除をし、洗濯物も屋上に干し、「気ぬけごはん」をひとつ書いたところでがくっときて、しばらくベッドに寝そべっていた。

とてもいいお天気。

空も海も真っ青、風が強い。

ポルトガルでの旅は、まだここには詳しく書けないけれど、ある人の、ある計画に誘われて行ってきました。

夜ごはんは、タラのおぼろ弁当（いり卵、チンゲン菜のおかか醤油）、茄子の炒め煮、大根の味噌汁。

昼間からすでにお腹を壊していたのだけど、お風呂から出てしばらくしたら、本格的な下痢となる。

吐き気もして、体が震える。

息が荒くなり、涙も出る。

長くつ下にスパッツ、腹巻きをしてベッドに倒れ込んだ。

二時間ほど気を失ったように眠った。

寝ているとき、電車の通路みたいなところに長々と体を横たえ、駅をひとつずつ戻っていく感じがあった。

あるいは、線路になった私の体の上を、電車が走って通り過ぎてゆくような。

ポルトガルではたくさん電車に乗っていたから。

遠くから、阪急電車が通る音も聞こえるし。

がらんどうの体。

こうやって、少しずつここにいる私に戻っていくのだろう。

頭も、体も。

九月九日（土）秋晴れ

ゆうべはとてもよく眠れた。

奥の奥まで。

カーテンを引き、月明かりを浴びて寝た。

お腹もよくなってきている気がする。

今日は、「気ぬけごはん」を二階の机で書いたり、ベッドに寝そべったりしながら一日を過ごそう。

洗濯もしない。

なんて思っていたのだけど、朝風呂に浸かっている間にだんだん元気が出てきた。

お腹を壊したせいで、私の体は無防備になり、ようやく芯までほぐれたのかも。

荒療治だ。

「ポレポレ坐」のきさらちゃんからメールが届いた。

仕事が片づいて急にぽかんと予定が空いたので、明日、あさってと、遊びにきたいそう。

メールをしたら、中野さんもいらっしゃれるとのこと。

嬉しいな。

今朝は、下のマンションに移動販売の八百屋さんが来る日なので、買いに下りた。

ツルムラサキ、みょうが、胡瓜、ピーマン(小さめ)、小さめじゃが芋、飲むヨーグルト。

夏の名残の野菜をかついで、日陰を探しながら、ゆらゆらと坂を上って帰ってきた。

ツクツクボウシが力なく鳴いていた。

道路に裏返ってペチャンコになったコガネムシ、ふらふらと漂うように舞うアオスジアゲハ。夏を謳歌《おうか》していた虫たちも、そろそろ役目を終え、宙へ還ろうとしている。

ご苦労さまでした。

お粥（ミニちゃんの梅干し入り）を作って食べ、机にかじりつく。

四時には「気ぬけごはん」が書けた。

夜ごはんは、たぬきそば（ワカメ、ゆでチンゲン菜、揚げ玉）。

消化がいいようにと思ってお湯でワカメをたっぷりもどし過ぎ、一部とろとろになってしまった。

明日、これで何かおいしいものを作ろう。

九月十二日（火）

雨が降ったり、止んだり

午前中、中野さんを下の神社までお見送りがてら散歩した。

ゆうべの大雨で、木の葉がたくさん落ちていた。

枝が折れている木もあった。

ツクツクボウシの声も、もう聞こえない。

神社でお参りをして、ゆっくり坂を上って帰ってきた。

きさらちゃんが東京に帰って、中野さんも家に帰って、今年の夏はもうおしまい。

夏休みももうおしまい。

帰り着き、シャワーを浴びて、猛然と仕事した。

滞っていたメールのお返事や、来週の撮影の支度、草野心平さんの文庫本『酒味酒菜』の解説の校正など。

まだ文が書けるような段階までは、頭も心も落ち着いていないので、今抱えている仕事まわりのもろもろを一気にやった。

そんな私の動向が伝わったのか、メールも電話もいつもよりたくさんあった。

平凡社の小出さんと、「たべもの作文」の表記統一や、これから先のやりとりなどご相談したり。

ゆうべのきさらちゃんをお迎えする会は、楽しかったな。

メニューや、出しものを中野さんが紙に書いて、壁に貼り出したりして。

なんだか子どものころの、町内のお楽しみ会みたいだった。

台所のカウンターで、まだ夕闇がはじまる前から呑みはじめた。

「たかやまの梅酒」も、「キリン秋味」も、ハイボールもメニューにあったけど、「ミラクルカクテルなかの」がいちばんの人気だった。

中野さんはシェイカー代わりの水筒（ステンレス製）を振って、本格的にこしらえた。

でも、きさらちゃんが頼んだものと、私が頼んだものは違った。

きさらちゃんのは、何かのスピリッツにグレープフルーツジュースと炭酸。

私のは、ポルトガル帰りの飛行機の機内食についていた、カップに入ったりんごジュースと炭酸で、ネクターのようにとろりとしていた。

共通するのはポルトガルの粗塩入り。ほの甘く、ほのしょっぱい、本当にミラクルなカクテルだった。

出しものは、『くんじくんのぞう』の朗読会。

中野さんが読みはじめるとすぐに、きさらちゃんが吹き出し、大笑い。とちゅうで中野さんも笑ってしまい、読めなくなった。

いちどしーんとして、最後は大爆笑。

私もつられて笑っていたけれど、おかしいなあ、すごく真面目にお話を書いたのだけど。

そういう絵本なのかな。

中華そば
ワカメと姫島ひじきのモズク酢もどき

読者のみなさんにも、笑ってもらえたら、嬉しいな。

そう。

もどし過ぎたワカメは、ひじき（お土産でいただいた、大分県の姫島《ひめしま》ひじき。細くて、とろみがある）と合わせてモズク酢のようにした。みょうがも刻んで混ぜた。

保存容器にまだたくさんあるので、今夜も食べよう。

きさらちゃんに、ポルトガルのローリエをちぎって嗅いでもらったら、「華やかな匂い」と言った。

そう、その言葉にぴったりの匂い。

ポルトガルのローリエは、華やかな緑の匂い。

そして思い出したのだけど、私たちが泊まっていたリスボンのシェア・ハウスの窓を開けたときに匂っていたのは、これと同じ匂いだった。

目の前の公園には、とても大きなプラタナスの木があったけど、ローリエの木もどこかにあったのかもしれない。

どうやら私は、ポルトガルからも着地したような感じがする。

夜ごはんは、中華そば（ゆで卵、ゆでチンゲン菜、ねぎ）、ワカメと姫島ひじきのモズク酢もどき。

九月十三日（水）　晴れ

涼やかな風。

ゆうべはぐっすり眠れた。

ベッドの配置を変えてから、眠りの質が変わった気がする。

ここに越してきてからというもの、私は夜中に何度も目を覚まし、半睡眠のままうろうろしながら寝ていた。

それが普通だと思って、慣れていた。

中野さんがおっしゃるには、「これまでの枕の位置は西だったから、山側からの風と、海側からくる風を、なおみさんの体が遮断していたんだと思います。今は、なおみさんの頭から足を通り抜け、海からもまた同じように抜け、山に抜けていっているような気がします」。

今朝、目覚めたとき、私は指を三本壁に当てて寝ていた。

寝ながら壁を通じて、この建物と交信していたような。

朝から大洗濯大会。

屋上に干しにいこうと思ったら、今日は管理人さんがお留守で鍵が閉まっていた。

でも、二階の窓際に置いてある、うちの物干台のポールを、もっと高く伸ばせることに

「丸徳寿司」の細巻きセット
ピーマンの焼き浸し

気がついた。

窓際の柵も利用して、タオルやら布巾やらかけてみた。

これで、ずいぶん風通しよく、陽も当てられる。

越してきて一年半が過ぎ、ようやく気づいた。

さて、今日から「おいしい本」をはじめよう。

石田千さんの『箸もてば』について書こうと思う。

あとで、美容院に行きがてら下りて、撮影用の食材がどこに売ってるかどうかをリサーチしてまわる予定。

図書館へも行こうかな。

夜ごはんは、「丸徳寿司」の細巻きセット（イカしそ巻き、鉄火巻き、お新香巻き、穴きゅう巻き）、ピーマンの焼き浸し、小松菜おひたし（すりごま、ごま油、薄口醤油）。

図書館で絵本を四冊借りてきた。

今夜は絵本を読んで寝よう。


ここでお知らせです。

ポルトガルに出かけたのは、十一月十日から大阪で開かれる、「鉄道芸術祭」のためでした。

立花文穂君に誘われ、私も参加することになりました。

どうか、楽しみにしていてください。

九月十七日(日)

快晴のち台風

おとついから中野さんが泊まりにきている。

金曜日に、元町で打ち合わせがあったのだそう。

大阪の画材屋さんへも行ったのだそう。

きのう、今日と、また続きの大きな絵を描いている。

私は二階で「たべもの作文」に励む。

さっき、タンタン、パシッパシッと大きな音がしていた。

中野さんがいい調子だと、私も集中して書ける。

きのうは「の(のり)」、今日は「ね(ネスカフェ)」「は(パン)」「ひ(ビスケット)」の文を書き上げお送りした。

大風の吹く中、ずっと書いていた。

焼き豆腐のステーキ
ツルムラサキと小松菜炒め
鶏雑炊（中野さん作）

お昼ごはんに、千さんの本に載っていた、焼き豆腐と油揚げの「めおと炊き」を作って食べた。

厚さを半分にした焼き豆腐と、三角に切った油揚げを鍋に平たく並べ入れ、甘辛いだし汁をすっかり吸うまで煮た。

それがとってもおいしかった。

納豆（卵黄入りのふわふわ）も食べた。

中野さんはきのう一枚、今日も一枚大きい絵を仕上げた。

台風がこちらに向かっているらしい。

ラジオをつけっぱなしにして、台風情報がかかると耳を傾ける。

中野さんは窓ガラスに鍵をかけ、ガタガタしないようストッパーを止めた。

窓の下のところに、こんな金具がついていたなんて、ちっとも知らなかった。

兵庫を直撃するのは、夜の九時くらいなのだそう。

停電するかもしれないので、早めにお風呂に入ってしまう。

夜ごはんは、焼き豆腐のステーキ（これも、千さんの本の真似をした）、ツルムラサキと小松菜炒め、鶏雑炊（中野さん作）。

鶏雑炊がたまらなくおいしかった。

だし汁だけではないコクがある。

何を入れたのかと思ったら、コンソメの粉末が少しと、粉チーズも三振りほど加えたのだそう。

九月二十日（水）曇り

きのうは「天然生活」の撮影だった。

マキちゃんにスタイリングをお願いしたので、東京からまた来てくださった。

いつものごはんを作っている感じのまま動いていたら、小さな料理ばかりの撮影だったのに、終わったのは五時半を過ぎていた。

吉祥寺にいたころには、普段の料理も撮影の料理も、さっさかさっさか作ることができたけど、私はのろまになったみたい。

動きがスローで、音を立てずに静かに動く。

撮影のときには、お喋りしながらだとそっちに気が取られ、料理ができなくなる。

前からそうだったけど、もっとひどくなっている。

変わったんだな。

撮影が終わって、ワインがたくさん余っていたのでマキちゃんと呑んだ。

ひとしきりお喋りしたあと、「テニスコーツ」のCDをかけ、ふたりで「フロ」を歌った。

前に「インド富士」でライブがあったとき、さやさんと小城君がパートに分けて歌っていた。「ふろ」「に」「は」「いらずー」という具合に。

その真似をしたくて、マキちゃんが小城君になったり、私がさやさんになったり、その逆になったり。

楽しくて、ぐんぐんワインを呑み、気づいたら私はとても酔っぱらっていた。

ふらつきながらお風呂に入り、パタンと寝てしまった。

なんだかその酔っぱらい方は、ひさしぶりの感じ。

吉祥寺時代が戻ってきたみたいだった。

今朝は、まだ少しお酒が残っていて、九時に起きた。

ゆうべは十二時くらいまで呑んだような気がしたので、マキちゃんに聞いてみたのだけど、「いいえ、九時過ぎにはもう寝てらっしゃいましたよー」とのこと。

遅い朝ごはんを十二時に食べ、マキちゃんはひとりで坂を下り、「MORIS」と「月森」さんへ（あとで聞いたら「かもめ食堂」にも行ったのだそう）。

私は、「たべもの作文」。

コロッケ（せんキャベツ添え）
セロリの葉のおかか醤油炒め
蕪の葉と小松菜のおひたし

電話をして、帰りに「いかりスーパー」でコロッケを買ってきてもらう。

夜ごはんは、コロッケ（せんキャベツ添え）、茄子とピーマンの味噌炒め、セロリの葉のおかか醤油炒め、蕪の葉と小松菜のおひたし（ポン酢醤油、すりごま）、餃子の具（冷凍しておいた）に片栗粉をまぶして焼いたもの（辛子醤油）、焼き海苔、ご飯。

食べ終わり、洗い物までしてくれて、今さっきマキちゃんは帰っていった。

新幹線の名古屋駅で降り、今夜は実家に泊まるのだそう。

さーて、お風呂に入って、「リトルモア」の大嶺さんが送ってくださった本を読みながら寝よう。

『お父さん、だいじょうぶ？日記』だ。

九月二十一日（木）快晴

とってもいい天気。

空も海も青く、山は緑。

きのうのうちにマキちゃんとあちこち掃除をしたので、今日はやらない。

まず、部屋干ししていた洗濯物を屋上に干し、十一時くらいに次の洗濯物を干しにいった。

二時ごろ、洗濯物をとり込んでいるとき、森の方でツクツクボウシが鳴いていた。がんばってるなあ。もう、夏も終わりなのに。

「ツクツクボウシは、夏の終わりに鳴きます」と、前に中野さんに教わった。

これってもう書いたっけ?

「たべもの作文」の「ふ（ふき）」が書け、夕方お送りした。

夕方、高知の「ワルン」の亨子ちゃんから電話があった。

「みいちゃんですか?」

わー、なんと。懐かしい。

亨子ちゃんは「カルマ」の後輩だから、そのころのあだ名で呼んでくれる人は、今ではスイセイとりうとちよじくらい。

来週末に、「牧野植物園」のイベントで高知に行くのだけど、「にこみちゃん」に呑みにいけそうな日を考えてくださっていた。

私は今日ちょうど、「にこみちゃん」のタオルを屋上に干しながら、いつ呑みにいけるだろうか……と考えていた。

だから、ベスト・ヒット・タイミング。

ゆうべは『お父さん、だいじょうぶ?日記』がおもしろくて、どうしてもやめられず、一気に読んでしまった。

ぷっ！　ぷっ！　と何度も吹き出しながら、ところどころで涙が湧いてくる。

おもしろく書いてある（わざとではない）のに、じんとする。

本の中にはとても健全な家族がいた。

少しだけ羨ましく、ちょっと、切ない。

小学校に入学した長男の巣立ちと、カメラマンのお父さんの巣立ち。

この世の何もかもが、分からないくらいに少しずつ、少しずつ動いていて、決して同じままではいられないこと。

それが、生きるっていうこと。

死ぬっていうこと。

夜ごはんは、茄子とピーマンの味噌炒め（ゆうべの残り）、小松菜と海苔炒め（にんにくの香りのついたオリーブオイルの残りで）、イカの炒めもの（マヨネーズ添え）、セロリの葉のおかか醤油炒め、納豆（ねぎと卵入りのふわふわ）、味噌汁（きのうのお昼の残り）。

茄子とピーマンの味噌炒め（ゆうべの残り）
小松菜と海苔炒め
イカの炒めもの

九月二十二日（金）　曇り

ゆうべもぐっすり眠れた。

本を読んで、九時半に電気を消し、その次に目が覚めたのは朝の六時前だった。

カーテンの隙間が明るんできて、鳩のくぐもった声が聞こえた。

「ホーーウ　ホーーウ　ホーーウ」

鳩は羽ばたきながら鳴いているようだった。

しばらくして汽笛が低く鳴った。

「ボーーウ　ボーーウ」

ゆっくり二回鳴って、「ボ、ボ、ボ、ボ、ボ、ボー」と短く六回鳴った。

ほどなくして、うちの柱時計が六回鳴った。

毎朝こんなふうだったっけ？

汽笛は、時間を教えてくれていたのか？

枕を北側にしてから、本当に深く眠れるようになった。

無防備になっている感じがある。

ようやくこの場所に慣れたのかもしれない。

そういえば、吉祥寺の家でも北枕だったなぁと思い出しながらまた目をつぶり、七時に起きた。

朝、ゴミを出しにいったついでに森の入り口まで上った。

山からしっとりとした緑の匂いが下りてくる。

野葡萄の実は、この間マキちゃんと上ったときよりも、また少しだけ色づいていた。紫と、瑠璃色と、緑色の小さな玉。

そうだ。

書くのを忘れていたのだけど、きさらちゃんと森に入ったとき、入り口からそう遠くないところで中野さんが石垣に飛び乗った。

私も慌てて飛び乗った。

そのとき、黒い影がシュッと森の奥に消えた。

きっと、イノシシだったのだろうと思う。

「すみません。お邪魔します」と頭を下げ、私たちは奥へ行き、泉に下りた。

ひさしぶりの泉は、赤い岩の形が少し変わっていたような気がした。

今日は「おいしい本」の校正をお送りしたら、この間の撮影で作った料理をもういちど試作しよう。

「たべもの作文」は「へ（弁当）」を書いてお送りした。

夕方、ある人に電話をして切ったあと、細長い紙を床に広げ、つけペンで猛然と文を書きはじめる。

気づけば九時。

夜ごはんはなし。食べそこねてしまったので。

お昼にノブさんのうどんをゆで、しっかりめに食べたから、よしとする。

九月二十四日（日）
晴れのち曇り

寝坊して九時半に起きた。

きのうは楽しかったな。

このところずっとこもっていたから、ひさしぶりに街へ下りた。

いろいろな人たちが日々を生き、働いているところを見学に行ったような日だった。

まず、マメちゃんが風景画の展示をしている、大阪の本屋さん「blackbird books《ブラックバード　ブックス》」へ行った。

そのあと、マメちゃんが「ｎｏｗａｋｉ」に用があるというので、電車を乗り継ぎトコトコと向かい、鴨川で大急ぎで一本ずつ（マメちゃんはビール、私はシードル）呑み、「ローソン」の春巻きと海老フライを半分ずつ食べた。

筒井君とマメちゃんが打ち合わせをしている間、私は絵本を読んだり、ミニちゃんとお喋りしたり。

終わってから、近所のスーパーに筒井君とマメちゃんとビールを買いにいき、コロッケをつまみに一缶ずつ呑んだ。

そして、七時からノブさんのうどんの試食会が「ｉＴｏｈｅｎ」であるというので、ミニちゃんとマメちゃんと三人で電車を乗り継ぎ、また大阪へ。

食べ終わって、本にサインをして、近所にできた新しいお花屋さんのオープニングパーティーをちらっと見にゆき、ノブさんが梅田まで車で送ってくださり、阪急電車で帰ってきた。

ノブさんのおうどん、おいしかったなあ。

おだしが、指の先まで染み渡るようだった。

「blackbird books」も、とても気持ちのいい本屋さんだった。

リトルプレスの詩の本がたくさんあった。

私はすみからすみまで並んでいる本を眺めてまわり、『それでも　それでも　それでも』を買った。

これは、齋藤陽道《はるみち》さんの写真と言葉の本。

陽道さんは耳が聴こえない写真家。

前に、「キチム」のイベントのとき、郁子ちゃんが紹介してくれて、いちどだけお会いした。

イベントでは郁子ちゃんが歌っていて、その様子を立って見ていた陽道さんの目が私はとても気になった。

私は離れたところから、吸い寄せられるように、陽道さんのまっすぐな目つきを何度も見た。

奥の奥まで見ている目つきだった。

陽道さんは、音を目で聞いているのかもしれないと感じた。

目つき、立ち方、そこにいる居方、体のまわり。

きれいで、澄んでいて、子どもみたいだった。

ライブが終わって、陽道さんに「郁子さんのイメージはどんな色ですか?」と筆談で聞かれたのだけど、私はドギマギしてしまい、ちゃんと答えられなかった。

それがずっと心残りだった。

そのあと何度か、展覧会のDMをいただいても、見にいく機会がなかった。

だから、「blackbird books」で、陽道さんの写真にはじめて出会った。『感動』という写真集もあって、それにもとても惹かれ、どちらにしようか迷ったのだけど。

ページをめくってすぐに言葉が目に飛び込んできたので、この本にしようと決めた。
それは、「透明なあなた」という題の、詩のような言葉。

どうしてもあなたのことがわからない。
すぐそばにいながら、あなたがとても遠い。

あなたはぼくではない。
それでも、まず自分自身を
よりどころとしなければ
あなたとの関係は始まらない。

だから、ぼくをあなたへ差し出す。

ぼくはあなたではない。
それでも、あなたもまた
あなた自身をぼくに差し出している。

差し出されるそれらが
交わるところで関係が始まる。

ぼくはすでに透明なあなたであった。


私は自分のことを、欠けている人間だと思っている。

できないことが人よりたくさんあるし、分からないこともたくさんある。

だからそうでない器官を、真剣にしつこく使うことなしには、この世を生きられないと自覚している。

そうしないと、生きているという感じがしない。

東京でスイセイと暮らしていた最後の何年間は、いろいろな理由でそれができなくなっていた。

だから、神戸にやってきた。

この世には、完璧な形などありえないのかもしれないと思う。

なのに、そういう姿を追い求めているものや、洗練され過ぎたものがたくさんある。

豚肉としろ菜炒め
大根おろしのせ

私は信じられない。

収まりのいいものは窮屈で、ウソを感じる。

陽道さんの写真に、こんなに惹かれるのは、だからかもしれないなと思う。

この世の本当を知ろうとして、陽道さんは果敢に、ただただ見ていらっしゃる。

そこに映っているものが、私にも、この世の本当に見える。

誰かの目に映ったものなのに、自分がその場にいて、この目で見ているみたい。

不思議だなあと感じ、とても嬉しくなる。

今朝は、朝ごはんを食べてすぐに、おとついの文の続きを書きはじめ、ずっとパソコンに向かっていた。

五時くらいにお送りした。

夕暮れの空がきれいだったので、撮影の残りのワインをグラスについで二階に上った。

暗くなって、夜景が瞬き出し、カセットテープの音楽が終わるまで眺めていた。

お昼にしっかり食べた（ソーセージ、茄子、ピーマン入りのオムライス）ので、あまりお腹がすかない。

夜ごはんは、しゃぶしゃぶ用の豚肉としろ菜を炒めて大根おろしをのせ、ポン酢醤油をかけて食べた。

七時ごろ、ひさしぶりに中野さんから電話をいただいた。

なんだか、少しだけ遠いようような、懐かしいような声だった。

九月二十五日（月）快晴

愛知県の「高浜市やきものの里　かわら美術館」というところで、九月三十日から「イタリア・ボローニャ国際絵本原画展」が開かれる。

私と中野さんは、十月二十一日にそれぞれイベントをすることになっているのだけど、絵本『たべたあい』の原画も、美術館の一室で数日間展示されることになった。

それで今日、『たべたあい』の原画を、市原さんという担当の方と学芸員の今泉さんが、私の家まで引き取りにきてくださった。

市原さんは、陽子さんという。

本当に芯から明るい人で、まるで太陽が部屋に飛び込んできたようなひとときだった。

三人でお茶を飲んで、屋上にお連れして、私は洗濯物をとり込んだり。

戻ってきて、『くんじくんのぞう』のお披露目をし、中野さんがこしらえたジオラマをこっそりお見せしたら、しばらくの間があり……「高山さん、これをお借りすることってできないですよね⁉」と陽子さんがおっしゃった。

そのとき陽子さんは、髪の毛も、肌も、目の奥もキラキラしていた。

急いで中野さんと榎さんに電話をし、車に乗せられるだけのジオラマを持って帰られることになった。

『たべたあい』の原画と同じ部屋に、ショーケースのようなものを工夫して、飾ってくださるらしい。ふたりでこしょこしょと相談なさっていた。

『くんじくんのぞう』のジオラマは、車の後ろの窓ぎりぎりまで大きいのがふたつ。

もうひとつ、のぞき箱のような細長いのは、陽子さんが大切そうに膝に抱えて出発したのだけど、先端が運転手の今泉さんのお腹のあたりまで伸びていた。

ああ、なんだかとても楽しかったな。

陽子さんといると、胸がスカッとする。

二十一日は、お昼ごろから中野さんが表でライブペイントをし、終わったころに陽子さんの司会で私がお話会をします。

参加費は無料のようです。

お話会はもう満席のようだけど、中野さんのライブペイントをぜひ見にいらしてください。

夜ごはんは、記録するのを忘れた。

九月二十七日（水）
晴れのち曇り

七時前に起きたのだけど、一難去ってまた一難、みたいな日だった。

朝から、母のことで姉から電話があったりして。

母は血圧が高いので、いろいろと不調があるらしい。

近々、病院で検査していただくことになった。

母は私に電話をかけてくるとき、ハアハアしながら喋る。伝えたいことがたくさんあって、でも、八十七歳のおばあちゃんだから耳は遠いし、言葉もうまく出てこなくてもどかしいみたい。

楽しいことだと、興奮してますますひどくなる。

「お母さん、血圧が上がるから、深呼吸しながら、ゆっくり喋りな」と私が伝える。

なんだか、私が子どものころと逆転しているな。

保育園のとき、その日にあった楽しいできごとを私がすごい勢いでどもりながら話すと、母はよく言ったものだ。

「なーみちゃん、もっと、ゆっくり喋りな」

電話ではうまく伝えられないけれど、母は文を書くのが得意なので、ファクスの手紙が

ブリの照り焼き
焼きピーマンのじゃこ和え
目玉焼き

頻繁に届く。

私もよく返事を書いている。

きのう、屋上で洗濯物を干していたとき、耳を澄ませたらツクツクボウシの声が聞こえてきた。

森の方で一匹鳴いていて、鳴き止むと同時に、違う場所でもう一匹が鳴いた。

金木犀のいい香りもしていた。

夏の終わりと、秋のはじまりが混じり合うとき。

お彼岸は、そんな時季にやってくるのだな。

お彼岸というのは、「あの世とこの世の境目が、いちばん曖昧になるとき」なのだそう。前に、中野さんから教わった。

朝、小出さんからお電話をいただき、「たべもの作文」のことをいろいろ相談できた。

文をひとつ書きはじめ、冷蔵庫の中が空っぽだったので「コープさん」に買い物にいき、帰ってから続きをやった。

これは、不動産関係のクライアントさんから依頼されたコラム。

どうやら書けたみたい。

夜ごはんは、ブリの照り焼き、焼きピーマンのじゃこ和え、目玉焼き、茄子のオイル焼き、ご飯。

明日、中野さんが急にいらっしゃることになった。元町の本屋さんに用事があるとのこと。

＊9月のおまけレシピ

ピーマンの焼き浸し

ピーマン（小さめ）5個　だし汁150ml　その他調味料
（作りやすい量）

六甲駅の近くに、神戸市の淡河《おうこ》で採れた野菜を直売している小さなお店があります。形や大きさは不揃いですが、元気もりもりの朝採り野菜が100円ほどで並ぶのです。特に夏野菜がすばらしい。きゅうり、トマト、赤と黄色のミニトマト、ゴーヤー、茄子、冬瓜、ズッキーニ、南瓜、赤と青のピーマン、万願寺唐辛子、甘唐辛子、モロヘイヤ、ニラ、大葉、みょうが……。引っ越してきたばかりのころに、「MORIS」のヒロミさんがお店の前まで連れていってくださったのも、懐かしい思い出です（その日はたまたま定休日でした）。東京では縁遠かった万願寺唐辛子ですが、絵本作家のつよしゆうこさんの家に遊びにいったとき、ビールのつまみにオーブントースターで焼いてくれました。つよしさんは焼きたての万願寺のヘタを持って、味噌をお箸でちょこんとつけ、「これが、大好物なんですー」とはにかみながら、おいしそうにかじりついていたっけ。焼き浸しは万願寺唐辛子がポピュラーですが、小振りのピーマンを使ってもおいしくできます。

ピーマンはヘタだけ手でちぎり、ワタとタネをつけたまま半分に切ります。小鍋にだし汁、酒とみりん各大さじ1、醤油大さじ1と½を合わせてひと煮立ちさせ、保存容器に移し入れます。
焼き網を強火で熱し、ピーマンを並べます。ところどころに焼き目がつくよう表裏をサッと焼き、熱いうちに保存容器の浸し汁に浸していきます。粗熱が取れたら、ピーマンをたて半分に切ると食べやすいです。軽く浸したのも、ひと晩浸したのもどちらもおいしい。浸し汁は煮立てて味をととのえれば、もう一度使えます。

7月

7日　絵本『くんじくんのぞう』のジオラマ。

10日　ジオラマのお弁当。
私が作ったのはおにぎりといなり寿司。
ミートボールは木の実で。

16日　絵本合宿3日目の昼ごはん。
塩鮭とオクラのチャーハン（中野さん作）＆平麺パスタ。

21日
ビールのおつまみのオイルサーディンの残り。
どんなものでも「ぞう」に見えてくる。

28日　昼ごはん。
きのうのナポリタン風スパゲティの残り、
焼きそば（中野さん作）、ちらし寿司。

31日　きのうから描き続けている絵。

ツバメが電線に並んで、私の部屋を見ている。

8月

3日

10日　つよしさんにいただいたイチジク。

21日　昼ごはん。
ゆかりご飯、いり豆腐（天かす入り）など。

道で拾ったきれいな虫（ムツボシタマムシ・全長1.5センチ）。
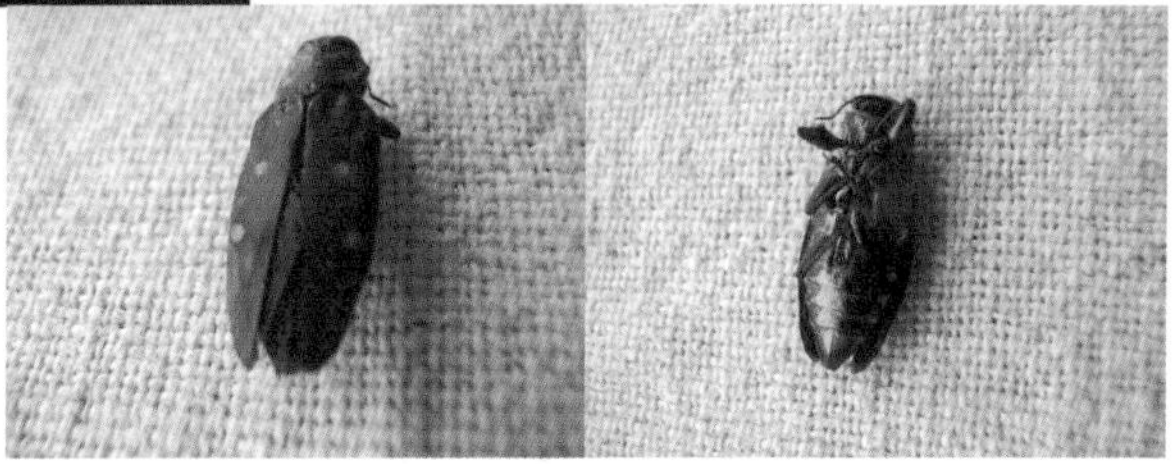

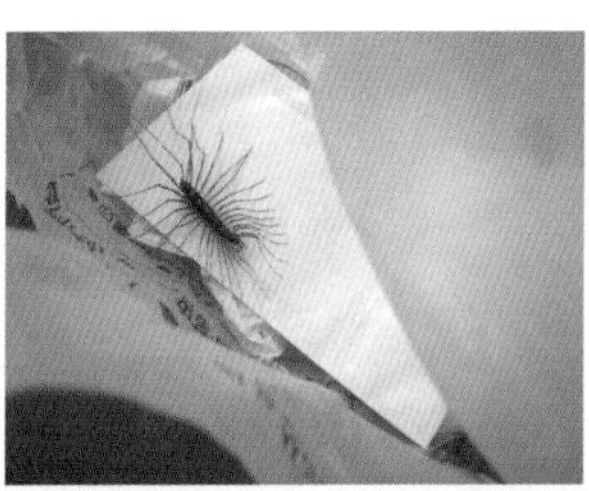
25日
朝、流しにいたムカデをレジ袋に捕獲した。
外に逃がそうと焦っていたら、
近所の人がゲジゲジだと教えてくれた。

ポルトガル ミニアルバム

8月30日〜9月2日まで『鉄道芸術祭』のリサーチのためポルトガルへ行った。
メンバーは立花文穂さん、カクちゃん、荒木信雄さん（建築家）、石田千さん（作家）。

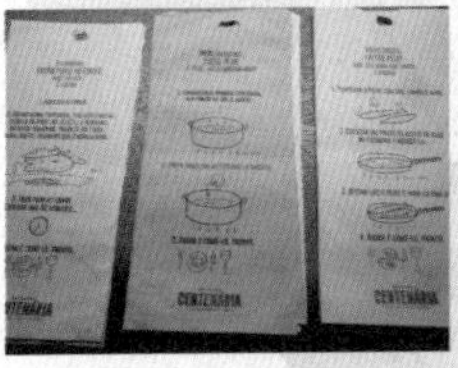

夜ごはんのポルトガル風
焼きピーマンと茄子のマリネ。

4日　昼ごはん。お弁当（中野さん作）。

5日
夜ごはんの
茄子のグラタン＆
リゾット（中野さん作）と
キャベツの塩もみサラダ。

11日　じゃが芋とにんにくのオリーブオイル炒め。奥に見えるのはポルトガル土産のチョリソー。きさらちゃん＆中野さんと。

16日
ホテルみたいな朝ごはん
＆カフェオレ（中野さん作）。

19日　「天然生活」の撮影。

9月

『ふたごのかがみ ピカルとヒカラ』の
お話のもとになった、翼雲。

26日　夜ごはん。
赤ワイン＆ポルトガル風
スパゲッティ（ハム、
マッシュルーム、にんにく、トマト、ディル）。

1日　高知県の「牧野植物園」にて。

2日
「ワルン」に自然と集まった懐かしい友人たち。
奥に立っているのが亨子ちゃん。

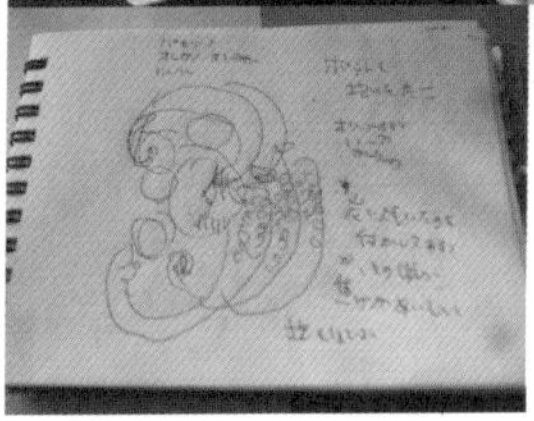

12日　図書館でばったり会った鈴木加奈子さんを招いて、昼間の呑み会。
ポルトガル料理をいろいろ作った。

10月

17日

29日
夜ごはん。土鍋で新米を炊き、
イクラをのせて食べた。

23日　夜ごはん。
牛肉ときのこのベシャメルソース、
塩もみ人参のサラダなど。

１１月

夜ごはん。ポルトガル料理の試作。トマトサラダ、カンジャ（鶏とミニパスタのスープ）。写真を撮ってレシピを書き、立花君にお送りした。

2日　昼ごはん。
ケチャップチキンどんぶり
（中野さん作）。

3日　ポルトガル料理試作の続き。カンジャの残りに卵白を溶き入れてみた。パンのおつまみ（ディップ、サラミソーセージなど）。

7日

14日
夕方、屋上に上り
（右・撮影おさむ君）、
帰りがけ、セルフタイマーで
集合写真を撮った（下）。

18日　夜ごはんはポルトガル料理の試作。
鰯の塩焼き、タラとじゃが芋のスープ。

ピーマンの丸焼きはマリネに。
ポルトガル風キノコ炒めに
卵白を加えたところ。

22日
「uzura」のひろみちゃん
から届いた植物の種
(この生地に包まれていた)。

21日
昼ごはん。
鰺フライ(タルタルソース)、
しろ菜のおひたしなど。
中野さんと。

23日
ポルトガル風
じゃが芋のビネガー炒め。
目玉焼きの黄身をからめながら食べた。

28日
夜ごはん。
釜揚げうどん
(ノブさんの手打ち)と
温かいおつゆ、納豆など。

25日

29日　夜ごはん。和風カレーライス
(釜揚げうどんのおつゆで)、トマト。

30日　夜ごはん。
お寿司(マグロ、ハマチ、マダイ、イカ、牛肉、卵焼きなど。
すし飯は私、握ったのは中野さん)、日本酒。

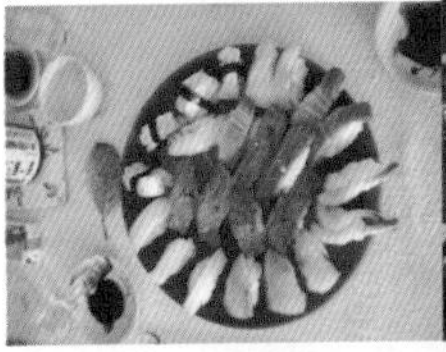

１２月

6日　ノブさんのセイロ蒸しうどんと、
つゆ（大根おろし入り）、天かす、おにぎり。

5日　朝ごはんの大豆スープ
（白菜、油揚げなど）＆パン。
川原さん、リーダーと。

13日
中野さんが書いた
「Bar たかやま」の真似をして、
私も「ビストロなおみ」
のメニュー表を書いてみた。

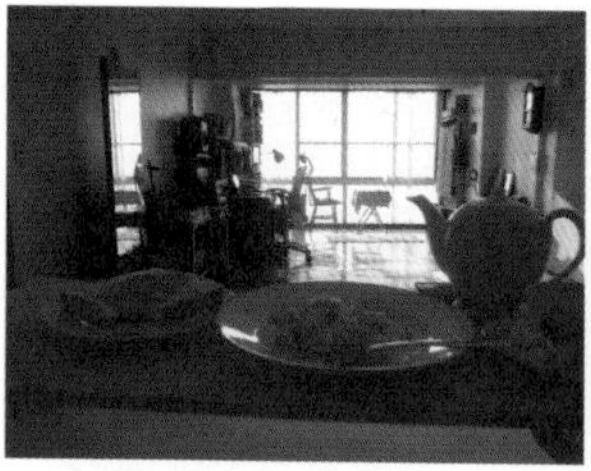

10日　朝ごはん。トースト、紅茶、
サラダ（塩もみ人参、キャベツ）。

18日
夜ごはん。
自家製ソーセージ
＆黄金ポテト。

19日　朝ごはん（中野さん作）。
ゆうべの残りのソーセージのオープンサンド
（キャベツサラダ、手作りマヨネーズ）、
パンの耳を焼いたもの。

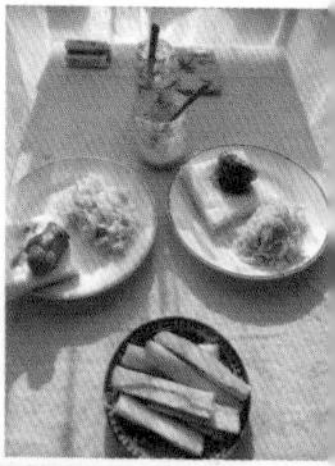

25日
早めの夜ごはん。
ビーフシチュー
（中野さん作）。

『鉄道芸術祭』にて。
蝋細工になって展示された、
私のポルトガル料理。

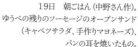

2017年10月

走っても、走っても、どこもかしこも秋晴れだ。

十月三日（火）
曇ったり、晴れたり

ゆうべの八時くらいに、高知から帰ってきた。

楽しい楽しい三日間だった。

子どもたち（お母さん、お父さん、おばあちゃんもいらした）に教えながらお弁当を作ったのも、そのあとで植物園の野山を歩いて、風に吹かれながらお弁当を食べたのも。

小さな山の上で子どもたちを集め、絵本を読み聞かせしたのも、たまらなく楽しかった。

丹治君とのトークも、楽しかったなあ。

出会ったころのことを遡って話しているうちに、私たちの間に漂っているふわふわしたものが、昔に戻っていく感じがあった。

目の前の丹治君は、昔と変わらずやっぱり襟の詰まったボタンダウンのシャツを着ていたし、私も丹治君もなんだか本当に、昔のままの気持ちでお喋りしていたような気がする。

「にこみちゃん」も！　思っていた通りの、スーパーすんばらしい呑み屋だった。

おいしく、楽しく、風通しよく。

始終満席で、お客さんは引きも切らず、みんなつやつやといい顔をして呑んでいた。

つまみは何を頼んでも、どれも芯からおいしかった。

マー坊（大将）は、「まめ蔵」や「クウクウ」のころとまったく変わらずに、そこにいた。動き方のクセみたいなのや、話すときのふとした表情、かすれそうなやさしい声。

お弁当作りは、私の心の友だち「ワルンカフェ」の亨子ちゃん、ナオちゃん（『高山ふとんシネマ』に出てくる『エイプリルの七面鳥』を教えてくれたNちゃんは、彼女です）が、車で仕入れに行くところから、仕込みもバッチリ手伝ってくれた。

彼女たちがいなかったら、この会はできなかった。

それに、よく呑んだなあ。

今は建築の仕事をバリバリやって、すっかり頑丈そうになった芝ちゃん（『日々ごはん⑧』に登場しています）にも会えた。

前回高知に行ったのは二〇〇五年だから、もう十二年も前なのだな。

高知は、なんだか、昔が戻ってきたような旅だった。

しっかり張りついていた私のかさぶたが、バス停で待っていた亨子ちゃんとナオちゃんに会ったとたん、ぽろりと音をたてて剥がれ落ちたみたいだった。

どういうわけか私は、それから先ずっと関西弁だった。

中野さんはいつも標準語で話すから、神戸でもそんなことはないのに。

「MORIS」の今日子ちゃんやヒロミさん、タクシーの運転手さんと話すとき、少しだけそうなるけど。

私はすぐに人のがうつるから、高知弁と関西弁がミックスされたような感じになったのかも。

高知でお世話になったたくさんの方々、ありがとうございました。

今朝は、たまっていた洗濯をした。

屋上は風が強かったけど、かまわずに干してきた。

疲れが抜けないので、昼寝をして、夕方四時くらいにそろそろとり込みにいかなくては……と思っていたら、ピンポンが鳴った。

「たかやまさーん、洗濯もんが踊ってはりますー」

管理人さんが呼びにきてくれた。

管理人さんの声は、息を吸ったときみたいな声。とてもやさしい声。

一緒にエレベーターに乗って、屋上へ。

今日は、ひとつも仕事ができなかった。

夜ごはんは、しらす（高知の「ひろめ市場」で買った）とごまのチャーハン、お昼の焼きそばの残り、チンジャオロース風（細く切った豚肉に塩、きび砂糖ふたつまみ、酒をまぶしておいてごま油で炒め、いちど取り出して細切りのピーマンを炒める。軽くしんなり

しらすとごまのチャーハン
焼きそば（お昼の残り）
チンジャオロース風

したら豚肉を戻し入れ、ざっと合わせて醤油を少し。片栗粉をまぶしたり、にんにくも加えなかったけど、ひとりのごはんは適当に作ったこういうのがいちばんおいしい)、キャベツ、胡瓜、レタスの塩もみ(亨子ちゃんがお土産にくれたブッシュ柑をしぼり、ポン酢醤油)。

いつものように「ムーミン」を見ながら食べた。

夕方、中野さんから絵が送られてきた。

はじめて見る、新しい世界。

赤いのに静かな感じのする絵。

なんだか、外国の絵本に出てきそうな感じもする絵。

いいなあ。

お風呂から出たら、もう目がくっつきそう。

今夜は早めに寝よう。

十月四日(水) 快晴

十時まで寝た。

疲れを取ろうと思って。

小型ハンバーグ
茄子とピーマンのじゃこ炒め
焼きそばの残り

とってもいいお天気。

さやさやと、すがすがしい風が吹いている。

白いものばかり漂白&洗濯をした。

朝からあちこちにメールのお返事をしたり、日記を書いたり。

「天然生活」の校正もやる。

今週の日曜日は、母の米寿のお祝いがある。

私の兄姉《きょうだい》とその子どもたち、孫たちだけのささやかな会を、姉の家で開くことになっている。料理も姉と私で作る。

母の夢は、ひ孫を全員（十二人くらいいる）集めて、絵本の読み聞かせをすることらしいので、『くんじくんのぞう』のお披露目をしてもらおうという計画だ。

姉は母の子ども時代からの写真を集めた映像を、こっそり用意しているらしい。

「プロジェクターも借りられたよ」と、きのう電話で言っていた。

というわけで、少し早いのだけど母の体調も気になるので、明日から一週間ほど実家へ帰ろうと思う。

夜ごはんは、小型ハンバーグ、茄子とピーマンのじゃこ炒め、焼きそばの残り、かき玉汁。

残りのご飯で、新幹線の中で食べるおにぎりを作った。

十月五日（木）晴れ

今、新幹線の中でこれを書いている。

走っても、走っても、どこもかしこも秋晴れだ。

田園風景が続く。

お米が実った田んぼの黄色、畑の緑色、ところどころで咲いている紅は彼岸花。

さっき、コスモス畑もあった。

ピンクと白の薄べったい花弁、黄緑色の茎。ほわほわと一面に咲き乱れていた。

駅に着くまで時間がたっぷりあるので、パソコン内のいらなくなった書類（すでに本になっている原稿など）をゴミ箱に捨てた。

ゴミ箱も空にしてみた。

ようやく半分まできたところ。

ゴミ箱を空にするのって、けっこう時間がかかるのだな。

今のうちに、高知でのことを書いておこう。

イベントの次の日のお昼ごろ、私はホテルから「ワルンカフェ」に向かってひとりで歩いていった。

雨が降っていたのでアーケードを通った。

高知へ来ると、いつも車でばかり動いているので、位置関係を確かめたくて。

アーケードの出口近くの「ひろめ市場」でお土産を少し買い、信号をいくつか越えたところで、その先に細い道路が見えてきた。

たぶん、目の前の信号を渡ればいいのだと思うのだけど、ねんのために横断歩道にいたおじさんに尋ねてみた。

この近くに川があったら、もう「ワルンカフェ」はすぐそこなのだと思いつつ。

そしたら川が見えるところまで、連れていってくださった。

「ここでけっこうです」と私が伝えなかったら、「ワルンカフェ」の前まで連れていってくれそうな雰囲気だった。

ゆったりとした感じの、紳士的なおじさんだった。

おじさんといったって、私よりふたつかみっつくらいしか違わないかもしれないけど。

そして、小雨の降る中、先に来ていたナオちゃん、芝ちゃん、「ｓｕｎｕ・ｉ」の恭子ちゃんとシンハービールをちびちび呑みながら、ああでもないこうでもないとお喋りしていた。

私は朝ごはんを食べそこねたので、とてもお腹がすいていた。

それで、ひき肉の炒めたの（ゴーヤー入り）に揚げ卵がのったご飯（玄米）を食べた。ご飯を少しだけ残しておいて、トムヤムスープ（お鍋から自分でよそるスタイル。一杯百円）をかけ、食べた。

ひき肉の炒めご飯は、「ガパオライス」というのだろうけど、そんな名前はメニューには書いてない。

にんにくがほどよくきいて香ばしく、甘過ぎず、ナンプラーも強過ぎず、とってもおいしかった。

エスニック料理というと、だいたい本場のよりも甘くして、日本人が好きそうな味にしてしまうことが多いような気がするのだけど、亨子ちゃんの作る料理はひとことでいうと、食べる人に対して媚《こ》びない味。

たぶんそれは「カルマ」の味なんだと思う。

おいしかったなー。

タイ風さつま揚げも、レモングラス風味のいり豆腐も、パパイヤの甘酸っぱい漬物も。

食べ過ぎだと思うのだけど、そのあと私はどうしてもがまんができず、チベタンモモも食べた。

お客さんがひけたので、亨子ちゃんが厨房から出てきて、客席で栗をむきはじめた。

そのうちにまたぽつぽつとお客さんがやってきて、亨子ちゃんが厨房に入ると、いつの間にやらアルバイトの直子ちゃんが栗をむきはじめ、客席に戻ってきた亨子ちゃんは、こんどはもやしのひげ根を取っている。

「あー、ひさしぶり」とか言って、また誰かお客さんが来ると、なんとなくナオちゃんが栗をむいている。芝さんも隣でむいている。

そのうち、駅までどなたかを送りにいっていた「トラネコボンボン」のナッチが戻ってきて、ナオちゃんと並んで栗をむきはじめた。

みんな亨子ちゃんを手伝いながら、なんとなくそこにいるのが「カルマ」みたいで、懐かしかった。

「カルマ」もいつも玄関の扉を開けっ放しにしてあったけど、「ワルンカフェ」も開けっ放し。

誰も、「手伝うよ」「わー、ありがとう」なんて言わない。

当たり前のようにそうしている。

というか、近所のおばちゃんたちが、お喋りしながら縁側で豆のサヤをむいているような感じ。

なんだかそれが、とても羨ましかった。

神戸の家の近くに「ワルンカフェ」があったら、私はいりびたってしまいそうだな。

夕方にひと仕事を終え、人恋しくなったら坂を下り、「ワルンカフェ」に行けばいつも誰かしら顔見知りがいる。夜ごはんを食べながら軽く一杯ひっかけて、また坂を上って帰ってくる。お風呂に入って寝て、また仕事する。

いいなー、そんな暮らし。

そろそろ浜松に着くようなので、日記はここまで。

二時くらいに駅に着いたら、リカ（みっちゃんの長女）が迎えにきてくれる。

五月に生まれた赤ん坊も連れてくるみたい。

お母さん、元気かな。

十月九日（月）
晴れのち雨

このところ、毎日が夏のような日々だった。

全国的にそうだったのだろうか。

それとも静岡県だけ？

母の米寿のお祝いの会は、ゆうべぶじに終わり、今朝の兄姉四人と母との会合（母の新しい遺言を確認し、これからのことなど話し合った）もぶじ終わり、みんなちりぢりに帰っていった。

木曜日から今日まで、毎晩誰かしらが実家に集まり、ごはんを作って食べ、呑んだ。てんやわんやの大騒ぎとはこのことだ。

母はとても元気だった。

元気過ぎて、笑ってしまうほど。

みんながいなくなって、今夜は母とふたりきりの夕食。

私が名簿（いざというときの連絡先）をパソコンに打ち込む作業に熱中していたら、何もお願いしていないのに、母はいそいそと味噌汁を作ったり、魚を焼いたりしてくれた。

母の味噌汁は、青菜がすっかり煮えてくたくたになっていたけど。そして、いつのころからかだしなどとらず、インスタントの「だしの素」の味噌汁なのだけど。

しみじみとおいしかった。

豆腐の切り方とかが、懐かしかったのかもしれない。

ふたりとも早めにお風呂に入り、それぞれの部屋へ。

さっきのぞいたら、母はベッドの上でお祈りを終えたところだった。

金目鯛の味噌漬け
ほうれん草のおひたし
お赤飯（姉作）

そして、私がトイレに行って戻ってきたら、寝ながら本を読んでいた。

私も隣の部屋へ。

絵本を読んで寝ようと思う。

まだ、八時半。神戸にいるときとほとんど同じ時間に、布団の中にいる。

夜ごはんは、金目鯛の味噌漬け（みっちゃんの現場がある南伊豆のお土産）、ほうれん草のおひたし（かつお節、醤油）、お赤飯（姉作）、味噌汁（玉ねぎ、豆腐、チンゲン菜）。

明日は、午前中に神戸へ帰る予定。

十月十一日（水）快晴

きのうは、夕方の四時くらいに帰ってきた。

廊下でたまたま鉢合わせになった管理人さんから、「お、か、え、り」と言われた。

首をかしげ、軽く会釈しながら。

学校帰りの小学生に声をかけるみたいな、やわらかい言い方だった。

十日にアパート全体のガスの点検があるようだったので、帰省する朝「実家に帰るので留守をします」と、管理人室のメモに書き残しておいた。

ポルトガルと高知に出かけたときも、そのたびに管理人さんに行く先をお知らせしていた。

だからかな。なんだか家族に迎えられたみたいで、嬉しかった。

ゆうべはぐっすり眠れた。

ようやく自分の場所に戻ってこれたのを、心も体もちゃんと分かっているみたい。

実家ではいろいろなことがあったけれど、思っていたより母が元気そうで、顔色もつやつやしていたのが何よりも嬉しかった。

おもしろいこともたくさん言っていた。

母は大学ノートに日記をつけていて、それは本当に短い、今日何があったとか誰に会ったとか、何を作って食べたとかそんなもの。

書きながら、「えーと、図書館へはきのう行ったんだっけか」などと聞いてくる。

私が「ううん、今日だよ」と答えると、「そうだっけ。きのうみたいな気がするよう。やだよう、うんと昔のことはよく覚えてるのに、きのうとか今日とか、さっきあったことが分からなくなるだよ」。

あと、たまたま私が洗面所のドアを開けたら、お風呂上がりの母がパンツをはきながら、「なおみちゃん、あんた、いつ来ただっけ。え？　きのう？　そうだっけ。なんだか、ずーっと前から一緒にいるみたいな気がする」なんて。

「でもお母さん、それが本当の時間かもしれないよ。心の時間だよ。時計より、そっちの方が信用できるかも」と私が言うと、「そうだねえ、ほんとだねえ」。

そうかと思えば、スイセイと別居してからの私の暮らし向きを伝えていたとき、心配されたり、とがめられたりするのかと思っていたら、「家族の関係は、変わっていくものだから。それが、生きるっていうことだから。それでいいさや」なんて言われ、私の方が背すじが伸びた。

何日か前の日記に八十七歳と書いたけれど、母は今年の六月で八十八歳になったのだそう。

この間の病院の検査によると、コレステロール値が前よりも高くなり、動脈硬化も進んでいるらしい。

それで血のめぐりが悪く、手足がしびれたりする。

しばらく一緒にいて分かったのだけど、母の食生活はおばあちゃんらしからぬものだった。

料理はよく作っていても、けっこう味つけが濃いめだし、朝食のトーストには溶けるチーズをのせてあった（ワカメらしきもののっていた）。

健康にいいと思って、毎朝そうやって食べていたらしい。

青魚が体にいいとどこかで聞きつけたらしく、塩分の高い鯵の干物や鰯の丸干しを積極的に食べていたみたい。高血圧なのに。

「お母さん、お醤油はちょっとの方が、お豆腐の味がよくしておいしいよ」と教えたら、

「ほんとだ！」といたく感激していた。

「なおみちゃんのおかげで、お母さんは目が覚めた。食事改革ができそうだよ！」

もういい年なのだから、好きなものを食べて楽しく暮らすのがいちばんだとお医者さんにも言われているのに、母はまだまだやる気満々なのだった。

神戸へ帰る朝は、ゴミを出す日で、重たいから私が運ぶ約束になっていた。なのに七時半に私が起きたら、すでに運び終わったあとだった。けっこう距離のある集積場まで、重たいのをひと袋ずつ、ゆっくり歩いて三往復したのだそう。

「公園体操もしてきたさや」なんて、涼しい顔で朝ごはんを食べていた。「なーみちゃん、パンは焼くだけで、なんにものせなくても充分おいしいねえ」なんて言いながら。

米寿のお祝いに、中野さんが絵を送ってくださったのも、本当に嬉しかったみたい。荷物が届いたとき、私もとても驚いたのだけど、母は目をまん丸にして、手を打って、そのあと息を詰め、涙をこぼした。

塩鯖
ピーマンのじゃこ炒め
とろろ納豆

それは、『どもるどだっく』の元祖なみちゃん（四つん這いの）が描かれた、「満月」という絵。

「ウレシカ」ではじめて対面したとき、「ここに、なみちゃんがいる」と閃《ひらめ》き、その日のうちに中野さんにお願いするに至った絵だ。

元祖なみちゃんは、よくよく見比べると、幼いころの母の写真にもそっくりだった。

「てるこはまったく、横っ飛びばっかして」と、おじいちゃんにたしなめられながら、木登りしたり、野山を駆けずりまわっていたころの母に。

絵が届く前の晩、母はそのころの夢をみていたんだそう。

それって予知夢じゃん。

夜ごはんは、塩鯖、ピーマンのじゃこ炒め、とろろ納豆（長芋、卵、ねぎ）、たくあん、ご飯、キャベツの味噌汁。

十月十三日（金）
曇りのち雨

さっき、三時前に中野さんをお見送りがてら、神社のあたりまで散歩した。

帰り道、とちゅうで大粒の雨が降り出したけど、坂の上の方はほとんど降っていなかった。

きのうは、大阪の画材屋さんへ行ってらした中野さんと図書館で待ち合わせをしたのだけど、早く着いた私がトイレから出てきたら、なんと、加奈子ちゃん（『ほんとだもん』の編集者）がいた。

加奈子ちゃんは前からこの図書館に興味があり、元町から電車に乗ってたまたま来てみたとのこと。

六甲に近いから、「高山さん、どうしているかなあ」と思っていたのだそう。

中野さんはちっとも驚いたそぶりを見せず、子どもたちが腰かける椅子に加奈子ちゃんと普通に座ってらした。

こういう偶然がいちばん嬉しいし、楽しい。

「せっかくなのでうちでお昼をこしらえて、三人で食べましょう」ということになり、「めぐみの郷」で野菜やらお肉やら貝やタコやらいろいろ買って帰った。

私は何を作ったのだっけ。

トマトのポルトガル風サラダ（切ったトマトをお皿にぎっしり平らに並べ、オリーブオイルとクレイジー・ソルト、オレガノをふりかけた）、キノコのバターソテー（肉厚椎茸、舞茸、しめじ）、ホンビノス貝の酒蒸しバター風味、ソーセージのパリッと炒め（中野さん作）、ポルトガル風タコとじゃが芋のオリーブオイル蒸し焼き、赤ワインの炭酸割り。

加奈子ちゃんは息子の朔《さく》ちゃんの保育園のお迎えがあるので、四時に帰っていった。

そのあと中野さんと私は、窓際でちびちびと残りのワインを呑み、高知土産の栗焼酎を呑み、しばらく会わない間にあったいろいろを、ぽつりぽつりとお喋りし合った。

対岸の山の上に、白いスジのような雲が長く長くたなびいていた。

そのうち白いのが茜色に変わり、蒼色が重なり、あたりはだんだん暗くなり、ぽつりぽつりと海に灯りが灯って、夜景が輝き出した。

そうだ。

私が台所で料理している間、『くんじくんのぞう』を中野さんが加奈子ちゃんに読んであげていた。

ひざの上で本を開き、ゆっくりと、子どもに聞かせるように。

加奈子ちゃんは掃除機が出てくるところあたりから、くすくすと笑いはじめ、微笑みながら、うなずきながら、ずっと聞いていて、最後は手をたたいていた。

「すごーい、すごーい！」とおっしゃって。

加奈子ちゃんには何にも説明をしなくても、すーっと伝わった。

じつは、『くんじくんのぞう』は、実家の大人たちにはあまり評判がよくなかった。

四歳の女の子（みっちゃんの孫）に向けて読んであげたときは、くすくす笑ったり、手でぞうの鼻の形を作ったりしながら真剣に聞いていていた。

日々を慌ただしく生きている大人たちは、大人のままの頭で意味を知ろう、分かろうとするのかな。

それだと、ちょっとむずかしいところがあるのかもしれないな……とがっかりしながら帰ってきたから、私はとても嬉しかった。

『くんじくんのぞう』は、やわらかい頭と体で感じる絵本だから。

そしたら今朝、加奈子ちゃんから感想のメールをいただいた。

「『くんじくんのぞう』は、凄い絵本でした。読んでもらったあとのなんともいえない多幸感を思い出しながら、これは、こどもと過ごす毎日のすぐそばにあるものだ、と思いました」

夜ごはんは、パエリヤ・オムライス（お昼ごはんに作った海老とキノコのフライパン・パエリヤを炒め直し、ふわふわオムレツをのせて、ケチャップ）、しろ菜のオリーブオイル蒸し。

十月十六日（月）雨

このところずっと「たべもの作文」を書いている。

毎日、一話ずつ書くと決めて。

おとついは「ほ（干ししいたけ）」、きのうは「ま（マヨネーズ）」、今日は「み（みそ汁）」を書いた。

これまで書いた分も、同時進行で一話ずつ推敲し、パソコンのファイルにためている。

九月からポルトガル、高知、実家の静岡と出かけてばかりいたから、しばらくはこもりたいような気分。

二十一日にはまた愛知へ行かなくてはならないし。

それまでがんばろうと思う。

こんなふうにいちど、どっぷりとはまりたかった。

今日は、朝から晩まで静かな雨が降っていた。

たまに窓を見ると、空も海も街も真っ白で、私のいるすぐ近くまで霧がやってきていた。

夕方、嬉しい荷物が届いた。

紅茶が残り少なくて、明日の朝いれたらもう終わってしまうから、やっぱり買い物に出ないとならないかな……と思っていた。

そしたら「MORIS」の今日子ちゃんが、マレーシアの紅茶農園に行ってきたそうで、お土産のグリーンティーが！

あと、栗のケーキも。

なんて嬉しい。

なんだか、がんばって宿題をやっていることへのご褒美をもらったみたい。

きのうは文を書きながら、玉ねぎをじっくり炒め、ビーフカレーを。今日のお昼はお弁当、夜は豆乳の鍋にした。

今夜も早めにお風呂に入って、本を読んで寝よう。

明日は「む（むぎこがし）」を書く予定。

夜ごはんは、豆乳鍋（もめん豆腐、豚のしゃぶしゃぶ用肉、小松菜）、柚子こしょう＆ごま油のタレ。

十月十七日（火）
雨のち曇り

七時半に起きた。

最近、ぐっすり眠れる。

柱時計の音も聞こえない。

今日も雨。

朝ごはんを食べ、今日も「たべもの作文」だ。

午後、気分を変えて書きかけの「おいしい本」を仕上げ、お送りした。

絵本『もりのなか』について。

今日の「たべもの作文」は「つ」と「て」を推敲し、「む」を書いている。

今朝でパンを食べ切ってしまったので、買い物に出ようか迷ったのだけど、書けるまでは出ないと決めた。

パンを練り、今は発酵中だ。

寒いのでボウルを布巾でおおい、ベッドの掛け布団の間に入れた。

さっき見たら、いい感じに膨らんでいた。

「む」を書き上げたら、夕方、晴れ間が出てきた。

空の上の方だけ水色で、下はどんよりと靄《もや》がかかっている。

深呼吸をしに外に出た。

うちのアパートはとても古い建物なので、雨が降ると古くさいような匂いがする。

その匂いを感じながら、エレベーターに乗っていて、越してきたばかりのころのことをなんとなく思い出した。

誰もいない学校の校舎に、ひとりぽつんととり残されたような、どこにいるのか分からないような、ふわふわした気持ちになったこと。

そういうのを、ちょっと懐かしいような気持ちで思い出した。

今の私は、ずいぶん丈夫になった気がする。

夜ごはんは、混ぜこぜグラタン（ゆうべの豆乳鍋のお汁で、ノブさんのうどんを煮たのをお昼に食べ、その残りを使ってグラタンにした。茄子のオイル焼き、椎茸炒め、おろしたチーズ）。

十月十八日（水）晴れ

朝、目が覚めたら、カーテンの隙間から明るい光が射していた。

なので急いで起きた。

ゆうべの天気予報によると、今日しか晴れの日はないと言っていたから。

起きてすぐ、ゆうべからつけ置きしておいたシーツやらバスタオルを洗濯した。

今日は管理人さんがお休みで、屋上には干せないけれど、窓辺の柵を利用して干した。

晴れていると部屋の埃が目につく。

掃除機をかけ、雑巾がけをし、鏡まで磨いた。

晴れやかな小鳥の声がして窓を見ると、電線のところで小鳥が二羽追いかけっこをしている。

尾の白いセキレイに似た小鳥。

今日の「たべもの作文」は「め」。「目玉焼き」のことを思いながら、朝ごはんに目玉焼きを焼いた。

外の空気を吸いたくなって、郵便局、「MORIS」「いかりスーパー」「ハム屋さん」「コープさん」へ。

帰り道、いろいろな実が色づきはじめていた。

山葡萄、ヘクソカズラ、ネズミモチ。

ゆっくりゆっくり坂を上った。

海の見える公園で、小さな男の子が地面に線を引いていた。

線は、砂場から公園の入り口まで、よれながら続いていた。

そばにいるお母さんが、小さな声でハミングしていたのは「線路は続くよどこまでも」の歌。

ポルトガルから帰ってきて、私はよくこの歌を耳にするようになった。

麻婆豆腐
白菜と春雨のスープ
小松菜の炒め蒸し

一度目は『パターソン』という映画の中で。二度目はラジオで。

立花君の「鉄道芸術祭」のことを、なんとなく考えているからかな。

今日はけっきょく「たべもの作文」が一行も書けなかった。

まあ、こんなこともある。

明日は「め（目玉焼き）」と「も（モーニング）」を書こう。

夜ごはんは、麻婆豆腐（トウチのかわりに浜納豆でやってみた）、白菜と春雨のスープ、小松菜の炒め蒸し（自家製マヨネーズ）、ご飯。

十月二十二日（日）台風

「高浜市やきものの里 かわら美術館」でのイベントはぶじに終わり、きのうの夜、中野さんと新幹線で帰ってきた。

おとついの晩によく眠れなかった分、ゆうべはとてもよく眠れた。

たぶん私も、中野さんも、くたびれていたんだと思う。

夜中じゅう、雨と風の音がずっとしていた。

朝になっても。

雨風はどんどんひどくなってきている。

でも、この建物はとても頑丈だから怖くない。

ラジオをつけて台風情報を聞きながら、私は「たべもの作文」。

中野さんは二階で絵を描いている。

さっきのぞきにいったら、クレヨンでバラの絵を描いていた。

風はどんどん強くなってきている。

雨も降っているけれど、あまりに風が強いので、木も、電線も、ものすごく揺れている。

何かが飛ばされてきそう。

避難警報も出ているらしい。

中野さんに言われ、いつでも避難できるようリュックに荷物をまとめた。合羽も用意した。

夜ごはんも四時ごろに食べた。

こんなに強力な台風は、はじめて。

お風呂にも早く入ってしまおう。

夜ごはんは、スパゲティ（剣先イカのトマトソース煮込み）。

十月二十五日（水）
晴れたり曇ったり

九時までぐっすり眠って起きた。

そのまま、ベッドの中で丸木スマさんの画集を見ていた。

とってもひさしぶり。

とちゅうで台所に下り、チャイをいれてまたベッドに戻り、続きを見た。

窓から眩しい陽射しが急に射し込んだり、またすぐに翳ったり。

風がとても強いのだ。

今日はこのまま、ベッドの中で「たべもの作文」を書こうかな。パソコンを運び込んで。

階段を下りるたび、中野さんのバラの絵が迎えてくれるのが嬉しい。

一階の壁の、ちょうど階段から見える位置に貼ってあるので。

目に入ると、心にポッと赤紫色の光が灯ったようになる。

バラの花束は、『くんじくんのぞう』の発売日に小出さんが送ってくださった。

この一週間はいろいろなことがあった。

そのいろいろを、中野さんと共に過ごせたことがありがたかった。

あったことを、少しずつ日記に書いていこうと思う。

まず、「高浜市やきものの里 かわら美術館」でのトークイベント。

愛知県の高浜市ははじめてなので、私はずっとドキドキしていた。

美術館でのイベントだし、「イタリア・ボローニャ国際絵本原画展」も開催中だったから、きっと私のことを知らない方々もたくさんいらっしゃるだろうと思って。

前の晩はほとんど眠れず、朝の四時まで、柱時計の音がずっと聞こえていた。

それでもうっすらとは寝ていたのかな。

七時過ぎに中野さんとタクシーでうちを出て、新幹線で名古屋まで行き、JRに乗り換え、ピンクの名鉄に乗って「高浜港」の駅に着いた。

緊張してしまうので、私はトークがはじまるぎりぎりまで、頭も体もぼんやりさせていたような気がする。

ふわふわしながら、一階のホールでやっている中野さんのライブペイントを見ていた。

体が動くと絵が次々にあふれ出て、紙の上がカラフルになる。

瞬きひとつする間にも、どんどんうつり変わってゆく。

そのスピードにのっかり、自分の頭から、まわりから聞こえてくる声をその場でメモしていった。

「ぼくは　あるひ　でんしゃに　のった。ぴんくの　めいてつ。くさの　うえを　あるいた。おひさまが　でて　ぼくは　こうまに　なった。あれ　みずたまり。あめ　ふってきた。ぼくは　すすみます。ぷーっと　ふいたら　くちから　かさが　でてきました。ぴんくの　かさ。はしを　わたって　でんしゃ　でんしゃ。てっきょうを　もうすぴーどではしる　はしる。パンタ　パンタ　グラフ　グラフ。ぼくの　でんしゃが　はしってく。『でんしゃだね』『うん　でんしゃだよ』。そしたら　ぼく　きいろい　とげが　はえて。あれ　ライオンだ。ライオン　たいようだ。『てくまくまん　てくまくまん　おじょうさん　れんしゃだね。でんしゃだね』『しあたー?』。たいようの　はしご　かたつむり。ぼくは　たけうま　したの。ものさし　ちず　やえの　ひまわり。『えらい　あめ　ふってきたなあ』『うん、あめだね。ふってるね』。みんな　みんな　のっている。はしる　はしる　どん　どん　どん　どん。のを　こえ　やま　こえ　たに　こえて　はるかな　まち　まで　ぼくたちを　たのしい　まちの　ゆめ　つないでる。ふぁん　ふぁん　ふぁん。りずむに　あわせて　ぼくたちは　たのしい　たびの　ゆめ　つないでく。『いま　なんじですか?』『でんしゃだね』『いくよ』

『　』は、私の前に立っていた、特別支援学校の男の子のひとりごと。

「電車だね。行くよ」とつき添いの先生に言って、帰っていった。

ここまで書いてトイレに行ったら、電車みたいな長いうんちが出た。

トークがはじまって、お客さんたちの顔を眺めているうちに、やわらかい風がすーっと体に入ってくるような感じがあった。

みなさんの目が本気だったからだ。

私の話を聞こうと、ちゃんと向かい合ってくださっているのが分かったから。

市原さんの明るい声を聞きながら、質問にひとつひとつ答えていくうち、体も心もどんどん温まり、楽しくなっていった。

絵本は、まず『どもるどだっく』を読んだ。

いちばん前の席に座っていた四歳くらいの女の子や、男の子に向かって読んだ。

そしたらお腹の底から声が出た。

なんとなく、なみちゃんが出てきたみたいな感じがした。

なみちゃんは野蛮でふてぶてしい女の子だけど、いろんなものを包み込むような大きな心を持っている。

そこに向かってダイブしたような感じになった。

続いて、『ほんとだもん』を読んだ。

いちばん前の女の子を見ながら読んだ。

女の子はスクリーンにかぶりつくように、嬉しそうに見ていた。

その子は『どもるどだっく』のとき、「おなかに　もぐるぐる」のところで、自分のお腹を触っていた。隣のお母さんも、お腹をぐるぐるしてらした。

『たべたあい』は、原画と言葉を展示してあったので、読まない方がいいかなと思って遠慮した。

『くんじくんのぞう』は中野さんが読んでくださった。

お客さんたちの反応がみずみずしく、「おー!」という声とともに、あちこちでくすくす笑いが聞こえた。

みなさん、子どもになって感じてくださったんだと思う。

市原さんをはじめ、お世話になった「高浜市やきものの里　かわら美術館」の方々、雨の中集まってくださったたくさんのみなさま、本当にありがとうございました。

長々と書いてしまった。

ここまで読んでくださったみなさん、ありがとうございます。

中野さんはきのう実家に帰られた。

今日からまた、「たべもの作文」にいそしむ、ひとりの日々がはじまった。

中野さん、こんどは大阪の「ｉＴｏｈｅｎ」で、十一月一日から展覧会だ。

来週にはまたうちにいらっしゃるから、それまで集中してがんばろう。

けっきょく今日は、下の机でずっと「たべもの作文」を書いていた。

これまで書いた文を修正し、再度修正して仕上げ、「ほ」から「め」までの新しい原稿を推敲し、お送りした。

夜ごはんは、鴨南蛮風うどん（昆布、にぼし、かつお節、干し椎茸でだしをとり、鶏肉、白菜を加えて煮込んだ。ノブさんの手打ちうどんを釜揚げにし、温かいおつゆに浸けて食べた）。

十月二十七日（金）秋晴れ

七時半に起きた。

光が眩しくて。

朝、ゴミを出しにいきがてら、森の入り口まで歩いた。

山の上に、雲ひとつない青空が見えたので。

トンビらしき鳥が二羽飛んでいる。

あれ？　同じくらいの大きさの黒いのは、カラスだろうか。

カラスがトンビを追いまわしているようにも見えるし、追いかけっこをしているようにも見える。

トンビにしては体の小さい鳥を、この間も屋上で見た。

子どものトンビなのかな。

最近はカメムシも屋上でよく見かける。

じっと見ていると歩き出す。すぐにひっくり返る……と思ったら、また表に返る。

ガニマタで変な歩き方。後ろ足は灰色の長靴をはいているみたい。

へんなの。見るたびに笑ってしまう。

「高浜市やきものの里 かわら美術館」でのイベントの次の日は、台風だった。

これまででいちばん大荒れの、すさまじい風の台風。

翌日は台風一過で、すみずみまで晴れ渡った。

その日、中野さんの自作絵本（『ミツ』）の編集者、櫻井さんがいらっしゃった。

台風の影響で一部電車が止まっている中を、車や電車を乗り継いで。

六甲駅までふたりで迎えにいって、私はごちそうの買い物をした。

台所で料理を支度している間、ふたりは一枚一枚の大きな絵を壁に貼り、ゆっくりと眺めていた。

櫻井さんがひとつ感想をおっしゃると、少しだけ沈黙があって、中野さんが答える。

ふたりの声を遠くで聞きながら、私はできるだけ音を立てずに料理を作っていた。

窓の外がずっときらきらしていた。

いちど、二階に上って洗濯物をたたんだりもした。

穏やかな、とても気持ちのいい時間だった。

そのあとでふたりは打ち合わせをし、三時過ぎくらいにようやくお昼ごはんとなった。

櫻井さんからいただいた日本酒（中野さんの誕生日プレゼント）で乾杯。

ちらし寿司（干し椎茸の甘煮、錦糸卵、サーモンの刺し身とブリの刺し身のヅケ、大葉、いりごま）、白菜のくったり煮（青柚子の皮）、ひたし大豆、白菜と人参のサラダ（自家製マヨネーズ）、ワサビの茎の醤油漬け（みっちゃんのお土産）、酒盗（高知の「ひろめ市場」の）。

夜景を眺めながらゆっくりとお喋りし、櫻井さんは七時過ぎに東京へ帰られた。

そのあとは、中野さんの一日早いお誕生会。

リクエストに応え、私は豚の鍋焼きローストをこしらえた。

豚肩ロースの塊肉にナイフの先で穴を開け、にんにくとローズマリーを詰め、タコ糸でしばる。

少し多めに塩をまぶし（ここまでを昼間のうちにやっておいた）、オリーブオイルをひ

ロールキャベツ
ふわふわ納豆

いた鍋に入れ、オーブンで蒸し焼きにする。

とちゅうでゆでておいた小粒じゃが芋もまわりに並べ、焼いた。

豚肉をホイルで包んで休ませている間に、焼き汁を酒でのばし、炒めた椎茸、生クリーム、粒マスタードを加え、クリームソースにした。

お肉がびっくりするほどやわらかくできた。

『おかずとご飯の本』や『じゃがいも料理』の撮影をしていたころには、しょっちゅう作っていたけれど、なんだかこの味をずっと忘れていた。

あとは、人参の塩もみサラダとゆで卵（マヨネーズのせ）。

赤ワインをあけて蝋燭を灯し、静かにお祝いした。

きのうは、なんとなく落ち着かず、絵本を借りに電車に乗って隣町の大きい図書館まで行った。美容院へも行った。

なので今日は、安心して机にかじりつこうと思う。

今、ピンポンが鳴って荷物が届いた。待ちに待った新米と柿だ（中野さんから）。

四時少し前に、「も」が書けた。

ずいぶんねばって、ようやくひとつ書けた。

ほっとひと息、ロールキャベツを作る。

夜ごはんは、ロールキャベツ（練り辛子をつけ、おでんみたいにして食べた）、ふわふわ納豆（卵入り）、新米。

新米がおいしくてたまらず、食べ過ぎてお腹いっぱいとなる。

十月二十八日（土）雨

静かな雨。

朝ごはんを食べてからずっと、このところの日記をふり返って書いていた。

とても静か。

きのうは秋の運動会を思わせるような、カラッとしたお天気だったのに。

暑いくらいだったな。

今日はストーブをつけたいような感じ。

小出さんから原稿が戻ってきた。

さて、そろそろ「たべもの作文」にもぐろう。

まず、これまでの文のいくつかを修正して仕上げ、余裕があれば「や（焼きそば）」を書きはじめる予定。

夜ごはんは、鍋焼きうどん（卵、蕪の葉、お麩、ねぎ、天かす）。

十月二十九日（日）
台風のち晴れ

ゆうべは夜中に風が吹いていた。
とても強い風。
音を聞きながら目をつぶって、寝たり覚めたり。
トイレにも何度も起きた。
きのう作文をやりながら、お茶をたくさん飲んだからかな。
小刻みに寝ていたので、夢も短いのをたくさんみた。
朝方、嵐の夢をみていた。
フレーズがひとつ、ぽろんと出てきた。
絵本のはじまりみたいな言葉だったので、メモしておいた。
それを口ずさみながら、朝風呂に浸かっているうち、物語がふくらんできた。
急いで朝ごはんを食べ、パソコンに向かった。
書いているとき、ひと場面ひと場面に、絵が見えていた。
絵が見えるようになったのは、はじめてだろうか。
いや、『くんじくんのぞう』でも、見えていたことは見えていた。

でも、中野さんが描きはじめたら、そしてジオラマができてきたら、私の見えていた世界がどれだけちっぽけだったか分かったんだった。

台風はどんどん激しくなってきた。

雨が当たって、窓は水槽のよう。

物語はお昼過ぎにはできた。

こんどは小学生の男の子が主人公だ。

さ、「たべもの作文」をやろう。

台風の被害が少ないことを祈りながら、やろう。

二時ごろ、荷物が届いた。

嵐の中を、郵便局のおじさんが届けてくださった。黒い合羽もヘルメットもびしょびしょだった。

ありがたいことです。

「暮しの手帖」の澤田さんから、丹波の大粒黒枝豆だ！

おやつでいただこう。

黒枝豆がたまらなくおいしい。濃厚で、バターのよう。

夕方になって、青空が見えてきた。

ハンバーグ（「コープさん」）コーンと黒枝豆と
蕪の葉のバター炒め＆
うどんのケチャップ炒め添え

中野さんからことづけられていたので、きのうのうちにスイセイに新米の荷物を作っておいたのだけど、フタを開けて黒枝豆もおすそわけ。

電話をしたら、スイセイは「黒枝豆は畑に植えられるじゃろうか」と言っていた。ススキや、桑の木を根っこごと掘って、畑の土がずいぶん変わってきているらしい。

宅配便のお兄さんは、すぐに受け取りにきてくれた。明日の午前中に届くのだそう。

夕焼けがあんまりきれいだったので、赤ワインの残りをグラスに注いで二階に上った。

今日は絵本のお話がひとつできたし、スイセイの声が元気そうだったから。

半月のまわりが青白く光っている。

窓辺に立ち、オレンジと紺碧の空を眺めながら、ささやかに乾杯。

夜ごはんは、ハンバーグ（「コープさん」で買ったレトルトの）コーンと黒枝豆と蕪の葉のバター炒め＆うどんのケチャップ炒め添え、イクラ、昆布の自家製佃煮、蕪の味噌汁（昆布入り）、新米（土鍋で炊いた）。

新米が甘みがあり、おいしくておいしくて。

十月三十日（月）快晴

ゆうべも風が強かった。

明け方はとくに。
でも、あまり驚かなくなった。
きっと、この間の台風で慣れたんだと思う。
風の音を聞きながらいくらでも眠れる。
おかげで今日は寝坊して、九時近くに起きた。
カーテンを開けたら、海の向こうの一ヶ所だけが光って眩しい。
あの真上に太陽があるのだ。
風が強い。さざ波立って、きらきらしている。
風が落ち着いたころ、洗濯物を屋上に干しにいった。
山は、赤い色がところどころに増えてきている。この間見たときよりも。
ああ、とってもいい空気。両手を上げて伸びをした。
今日も今日とて「たべもの作文」。
三時ごろ、洗濯物をとり込みにいった。
小鳥が五羽くらい、空を旋回していた。
黒い羽、お腹が白い。何の鳥だろう。
ひゅーっと大きく飛んでいたかと思うと、きゅるっと小さく方向転換したりして。

茄子のフライパン焼き
オムそばめし

きっと小鳥も気持ちがいいのだ。

ビールでも呑みたくなるようないい陽気。

今日は「や」を書いた。

夜ごはんは、茄子のフライパン焼き、オムそばめし（いんげん、新米の冷やご飯、薄焼き卵）。そばめしがもっちりとして、とてもおいしかった。ご飯が新米のせいもあるのかな。

十月三十一日（火）快晴

風もなく、よく晴れている。

朝風呂から上がったら、ラジオでちょうどバッハがかかっていた。

二階に上ると、部屋じゅうが光でいっぱい。

なんだかお正月みたい。

お餅をついているみたいな匂いもしていた。

もしかすると、どこかの部屋で朝ごはんに新米を炊いていたんだろうか。

洗濯物は少ないのだけど、また屋上へ干しにいった。

山はきのうよりもまた少しだけ、赤や黄色が増えている。

ロールキャベツとキノコのグラタン
ゆで水菜のサラダ

遠くの方の山は、暗い緑色のところがある。

雲の影が映っているから。

雲が流れると、緑の影も移動してゆく。

背中に太陽が当たって、ぽかぽかしている。

日向ぼっこにいい季節になってきたんだな。

さて「たべもの作文」だ。

今日は、「:iTohen」の飾りつけを終えた中野さんが、七時くらいにいらっしゃる。

この間作っておいたロールキャベツが冷蔵庫にあるので、ホワイトソースをこしらえて、グラタンにしようと思う。

夜ごはんは、ロールキャベツとキノコのグラタン(舞茸、椎茸、もち麩入り)、ゆで水菜のサラダ(玉ねぎドレッシング、醤油少々)。

＊10月のおまけレシピ

鴨南蛮風 釜揚げうどん

だし昆布（7cm角）1枚　干し椎茸（どんこ）1枚　かつお節
にぼし5〜6匹　鶏もも肉½枚　長ねぎ（白い部分）7cm
讃岐うどん（半生）100g　その他調味料（1人分）

日記にも登場する、ノブさんこと一井《いちい》伸行《のぶゆき》さんは、会社勤めの傍らに「NOBUうどん」というワークショップを開いています（『ノブうどん帖』というご著書もあります）。うどん打ちやだしのとり方のイロハは、お父さんが営んでいたうどん屋さんを手伝ううちに、自然と身についていったそうです。ノブさんのおうどんは、『帰ってきた 日々ごはん⑦』の3月5日の日記にも書いた通り「真っ白で、つるつるで、やわらかいのにコシがある」。それは、私が感じるノブさんのお人柄にそっくり。そして、ノブさん手作りの「焼きねぎと豚肉、えのきの入った鴨南蛮風のおつゆ」がまた、甘すぎず、からすぎず、コクのあるとっても深い味わいで……その味を思い出しながら、私なりにこしらえたのが、このレシピです。


だし昆布と干し椎茸を3カップの水に浸けます。干し椎茸がもどりはじめたころ、にぼしの頭を取って加え、さらに3〜4時間おきます。鍋に移し入れ、煮立ったらアクをすくって弱火でコトコト。味をみていい味が出ていたら、かつお節をひとつかみ加えてもうしばらく煮、ザルで漉します（これで2カップ強になっているはず）。

だし汁2カップと、だしを取ったあとの干し椎茸を薄切りにして鍋に入れ、酒とみりん各大さじ1と½、醤油大さじ2を加えて強火にかけます。煮立ったらひと口大に切った鶏肉を加え、火が通るまで弱火で煮て、たて4等分に切った長ねぎを加えたらつけつゆの完成。

讃岐うどんの半生麺は、たっぷりの湯で袋の表示通りにゆで、ゆで上がったうどんをゆで汁とともに丼に移し、釜揚げにします。熱々のつけつゆとともにどうぞ。黒七味がよく合います。

2017年11月

太陽の光を本でさえぎりながら。

十一月三日（金）晴れ

今朝は六時に起きた。
なんとなく、寝ていられなくて。
ゆうべもあまり眠れなかったのだけど。
きっと、どこかが昂《たかぶ》っているんだな。
朝からパンを練る。
今日はきのうにひき続き、試作をしながらポルトガル料理のレシピを書いている。
ふと時計を見ると、まだ十時なのだった。
早起きすると、時間がずいぶんゆっくり。とても助かる。
これは、立花君が誘ってくださった「鉄道芸術祭」のイベントにまつわる仕事。
仕事ではなく、研究発表という感じ。
一時くらいに猛烈に眠たくなり、小一時間昼寝した。
ベッドの上でまんじりともせず、いちど横を向いたらそのまま。仰向けになったらまた
そのままの状態で、すやすやと眠れた。
とても気持ちよかった。
起きて、また続きのレシピ。

試作したのを自分で写真に撮り、パソコンにとり込んで、いい感じがするものを選んだり。お送りしたり。

洗い物もどんどんたまる。

なんだか「ひとり撮影ごっこ」をしているみたい。

いつもならアシスタントがとっとこ、とっとこ洗い物をしてくれるから、流しはいつもきれいになっているのだけど、そうもいかない。

普段やり慣れないことをしたのでくたびれた。

夜ごはんはちょっと早めに。「ムーミン」を見ながら食べた。

ロールキャベツのグラタン（この間の残りにトマトソースを加え、チーズをのせて焼き直した）、いろんなパン、いろいろディップ、トマトのサラダ、白菜の塩もみサラダ。

さあ、早めにお風呂に入ってしまおう。

今夜はゆっくりと浸かろう。

ロールキャベツのグラタン
いろんなパン
いろいろディップ

十一月七日（火）晴れ

きのうは洗濯物もないのに、屋上へ上ってみた。

紅葉が進んでいるかどうか確かめたくて。

今日はシーツを洗って、干しにいった。

きのうよりもさらに、黄色が増えてきている。

雲ひとつない青空。

カメラを取りに戻り、写真を撮った。

朝から「たべもの作文」をやる。

きのうのうちにプリントしておいた文を推敲し、ひとつひとつ仕上げていった。

中野さんは絵本の取材のために、今朝から岩手県の遠野へ出かけたとのこと。

今ごろ、どのあたりにいらっしゃるのかな。

私はせっせと「たべもの作文」。

「たべもの作文」を書くようになって、子どものころのことをよく思い出す。

言葉にしていると、芋づる式に細かなところまで蘇ってくる。

実家の近所にある甘味屋さんの焼きそばについて書いていたら、ソースと麺の匂いが口の中に上ってきた。

これが文を書くことのミラクルなところ。

前に書いた「な」から「の」までを推敲し、「や」と「ら（らっきょう）」を仕上げ、小出さんにお送りした。

今は「ゆ（夕はんとゆかり）」を書いている。

手羽先が三本だけ冷凍してあるのを、自然解凍しておいた。

メイクインがあったので、韓国風の肉じゃが「タットリタン」をなんとなくイメージしながら煮込んでいたら、チゲ鍋の味になった。

おいしい！

夜ごはんは、鶏手羽とじゃが芋のチゲ鍋（豆腐、お麩、ねぎ、磯海苔）、ご飯はなし。

「ムーミン」を見ながら食べた。

中野さん、そろそろ到着したころかな。

東北は寒いだろうなあ。

七時くらいに中野さんからメールが届いた。

ようやくたどりついたとのこと。

お宿のごちそう写真つきだ。

十一月八日（水）雨

七時に起きた。

静かな雨。

窓の外が白い。

朝ごはんを食べながら、土鍋でご飯を炊く。

今日は立花君の「鉄道芸術祭」の搬入なので、お昼ごはんに差し入れを持っていこうと思って。

丹波篠山の黒枝豆の炊き込みご飯のおにぎりには、大葉の塩漬けを刻んで、コチュジャンに混ぜた味噌を用意。

あとは、せっかくポルトガルのことをやっているので、現地でよく食べたようなディップを二種類作った。

梅田駅のどこかで、おいしそうなパンを買って持っていく予定。

さて、どんなことになっているやら。

中野さんは今ごろ、遠野の村を歩いているだろうか。

雨が降っていないといいけれど。

さて、支度ができたら出かけよう。

立花君は、展覧会場で何やらごそごそやってらした。

搬入というより、会場自体を作り込み、ひとつの作品にしているみたいな感じがした。

台の上に紙を広げ、絵を描いている青年もいた。

ポルトガルの電車の映像がとてもいい。

ガタンガタンゴトンゴトン……音と共に振動が伝わり、延々と続く。

線路が走り、川が走り、森が走り、光が走る。

映画みたい。

なんだか体にくる。

私は二回観た。

これは、ただの車窓からの記録ではない。

電車だというのは分かるのだけど、何か知らない乗り物に乗って、知らない場所へと連れていかれるような。

すでに、どこか知らないところに、自分がいたような。

ふわふわした感じになる。

立花君は、ポルトガルで電車に乗っている間中、延々とカメラをかまえて撮影していたけれど、こんなふうに見えていたとは。

東京からカクちゃん（立花君の助手）がやってきたので、コーヒーを飲み、なんとなく五時くらいまで過ごして帰ってきた。

なんだか楽しかったな。

チゲ鍋（ゆうべの残り）
小松菜のおひたし
おにぎり（「成城石井」の）

いつも私はひとりでこもって文を書いているから、外に出かけると社会科見学みたいになる。

立花君たちはもちろん、帰りの電車の人たちの様子もおもしろかった。

帰ってきたら、中野さんから写真つきのメールが届いていた。

苔むした岩がごろんごろんとした薄暗い森。何かが潜んでいそう。

すごい。

こんなところを歩いていたのか。

もう一枚はお宿の夕食の写真。ハンバーグと豚のしゃぶしゃぶ、お刺し身に酢のもの。

ぷっくり膨らんだハンバーグが、とてもおいしそう。

夜ごはんは、チゲ鍋（ゆうべの残りに白菜と焼き豆腐を加えた）、小松菜のおひたし（すりごま、ポン酢醤油）、おにぎり（鮭、昆布。「成城石井」で買った）。

十一月九日（木）晴れ

朝からなんとなしにそわそわ。

それでも洗濯をして、屋上に干してきた。

佐渡島のあすかちゃんから、果物がいろいろ送られてきた。

佐渡特産の「おけさ柿」。筆型の小さいのは「木ざわし」（木の上で渋ぬきしてあるのだそう）。

りんごは、青いのが「もりのかがやき」、赤いのは「秋映」。

わーい。

さっそく「もりのかがやき」をむいて食べた。

シャクシャクして、とてもおいしい。

それにしてもいいお天気。

こんな日は、なんにもしたくない。

パソコンに向かってみるも、落ち着かない。

今日はきっと文を書きたくないのだ。

「たべもの作文」は休むことにする。

お昼ごはんを食べ、ベッドの上で『帰ってきた 日々ごはん③』と『ココアどこ わたしはゴマだれ』を読んでいるうちに、うずうずしてきた。

ゆうべ、寝る前に階段のところに飾ってある中野さんの絵と目が合った。

それで「?」となり、なんとなく、お話の切り替わりの尻尾が見えたような感じがした。

鯵の干物
大根おろし
目玉焼き

これは前に、二枚の絵を見ながら書いていた話。

パソコンに向かっていると、あっという間に時間がたつ。

そうか、今日は絵本をやりたかったのか。

できたような気がする。

さーて、どうかなあ。

今夜は早めにお風呂に入って、寝る前にベッドの中で読んでみよう。

夜ごはんは、鯵の干物、大根おろし、目玉焼き(キャベツ炒め添え、ウスターソース)、とろろ昆布の即席味噌汁、納豆、新米、おけさ柿。

なんとなく、旅館の朝ごはんみたいになってしまった。

「おけさ柿」がとてもおいしかった。

種がなく、なめらかで、繊細で、きれいな味がする。

十一月十日(金) 快晴

ゆうべ、ベッドの中で読んだお話は、ちっともだった。

まだまだだ。

それで、階段のところの絵を下に持ってきて、眺めながら朝ごはんを食べた。

なんとなく私は、違う話ふたつを、ひとつにまとめようとしていただけのような感じがする。

これではこじつけじゃん。小手先じゃん。

うーん。

ほんとに、まだまだだ。

今朝は、明け方にちょっといい夢をみた。

鍼灸の先生みたいな女の人に、元気の素というか、エネルギーの源のようなものを背中から注入してもらう夢。

それはとろみのある液体で、軽くて、人肌よりもほんの少しだけ温かい。

私は横向きに寝ているので、先生がどんなふうに施術をしているのか見えないのだけど、脊椎を通って体に入ってくるときの感覚を、目覚めても覚えていた。

アム&カトからじゃが芋がいっぱい届いた。

手紙には、『くんじくんとぞう』の感想も書いてある。

嬉しいな。

とてもいい天気なので、ひさしぶりにあちこち掃除。

雑巾がけもして、さっぱり。

細巻きパック（「丸徳寿司」の）
小松菜のさっと煮
とろろ昆布のお汁

お昼ごはんを食べ、美容院と図書館へ。

絵本を五冊借り、「丸徳寿司」で細巻きパックを買って、八幡さまでお参りし、「MORIS」をちらっとのぞいて、亜衣ちゃんにお会いしてきた。

亜衣ちゃんは明日、「MORIS」のキッチンでイタリア料理をこしらえ、食事会を開くのだ。

料理を盛りつける、備前焼の作家さんの器がたくさん並べてあった。

備前焼といっても、銀が見えたり青が見えたり。

硬質で、洋風の料理にも似合いそうな、荘厳な感じのする美しいお皿。

修道院とか教会の食堂で出てきそうな、ストイックさも感じる。

亜衣ちゃんの料理はきっと映えるだろうな。

いつか私も、あんな器に盛りつけてみたいなあ。

「いかりスーパー」で軽く買い物。

明日の亜衣ちゃんの料理は、今盛んに山々を染めている紅葉みたいに、色とりどりなのかな……なんて、勝手に想像しながら、てくてく坂を上って帰ってきた。

涼しくなったから、すーい、すーいと上れるようになった。

夜ごはんは、細巻きパック（イカ、お新香、穴きゅう、鉄火）、小松菜のさっと煮、とろろ昆布のお汁。

十一月十一日(土) 曇り

ゆうべは、ひさしぶりの雨音が心地よかった。

今朝は七時半に起きた。

カーテンを開け、しばらくベッドに寝そべりながら雲を見ていた。

シカがオートバイに乗っている。

いや、トナカイかな。

対岸に、一本だけ立っている煙突にスポットライトが当たり、煙が光っている。

ロウソクみたい。

今日は「ｎｏｗａｋｉ」の筒井君のお誕生日。

おめでとうございます。

そして去年、『たべたあい』が出た日。

今日は、「鉄道芸術祭ｖｏｌ.７『ステーション・トゥ・ステーション』」のオープニングイベントで、立花君のトークショウがある。

トークが終わったら、「太陽バンド」の畑さんがミニライブをするんだそう。

東京の懐かしい人たちがやってくる。

さーて、どうなることやら。

お昼を食べたら出かけよう。

会場の展示物が、どんなふうになっているのかも楽しみだ。

ささやかながら、私もひとつ飾っていただいている。

九月二十二日の日記に、「夕方、ある人に電話をして切ったあと、細長い紙を床に広げ、つけペンで猛然と文を書きはじめる」がそれです。

ある人というのは、立花君のこと。

大阪の京阪電鉄「なにわ橋」という駅の地下にある「アートエリアB1」というスペースで開かれています。

ご興味のある方は、ぜひ見にいらしてください。

中野さんはきのう、遠野から帰ってこられたみたい。

「iTohen」の最終日が十二日なので、今日からまたうちにいらっしゃる。

朝ごはんのお皿を洗いながら窓を見た。

今日の海は、ひろびろとしている。

ちらちらと白く光って、一面にさざ波立っている。

曇っているかと思うと、さーっと光が射し、眩しいくらいに晴れ渡る。

ドラマチックなお天気だ。

さて、行ってきます。

十一月十四日（火）
静かな雨

朝起きたら一面の霧だった。

とてもきれい。

海も空気も、白さに厚みがある。

空気が落ち着いている。

今日は「ｎｏｗａｋｉ」の筒井君とミニちゃん、オーダーメイドの靴屋さん「ｕｚｕｒａ《ウズラ》」のおさむ君、ひろみちゃん、それからマメちゃんが遊びにいらっしゃる。

よく晴れて、きらきらしている日ももちろんきれいだけど、こんな日もまたとってもいい感じがする。

楽しんでもらえるといいいな。

朝ごはんをゆっくり食べて、少しだけお喋りし、中野さんは十一時くらいに帰っていった。

さきおとつい、遠野から戻ってきてはじめて会った中野さんは、オオカミのようだった。

顔つきも、まわりに漂っている空気も。体半分がオオカミになりかかっているような。

きっと、遠野でたくさんのものを吸い込んでらしたんだと思う。

すぐにでも絵を描きたがっている、躍動感みたいなものも感じた。

張りつめた空気。

中野さんを見ていると、本気で何かに重なっていくとは、こういうことなのだと感じる。

なんだか凄みがある。

私など爪の先にも及ばない。

きのうは、朝から中野さんといろいろお喋りし（ほとんど私がひとりで話していた）、午後から京都へ出かけた。

前の晩におでんと茶飯を炊いたので、おにぎりにして持っていった。

河原町の「ローソン」で、げんこつコロッケ、フランクフルト・ソーセージ、ビールなどいろいろ買って、鴨川の河原でピクニックをした。

そのあとで「ｎｏｗａｋｉ」の受注会へ。

「ｕｚｕｒａ」さんの靴、ずーっと欲しかったので。

いろいろはいてみたのだけど、けっきょく前々から決めていたオリーブ色のブーツにした。

はいているうちにどんどん味が出て、焦げ茶色になるらしい。

実物の「ｕｚｕｒａ」さんの靴は、触ってみたら、細かなところまでおそろしくていねいに作ってあることが分かった。

素足になって、おさむ君に寸法を計ってもらった。

私の足は２２・５センチしかなかった。

自分では２３・５センチのつもりでいた。

横幅が広いから、入り口が少し大きめのサイズしか入らないし、見た目も大きい靴が好きだから、中敷きを敷いて紐でしめてはいていた。

中野さんによると、「ｕｚｕｒａ」さんの靴は軽くてやわらかく、あまりに足にぴったりで、はいてないみたいだそう。

来年の春にはできるみたい。

とても楽しみだ。

「ｎｏｗａｋｉ」では加奈子ちゃん、植田さん、朔ちゃん、「岩崎書店」の堀内さんにも会えた。

約束をしていないのに、会いたい人に会えるのは、お出かけしたときのご褒美だ。

今日は朝からじゃが芋（アムたちの）を蒸したり、サラダの支度をしたり、餃子の皮を練ったり。

朝、中野さんが掃除機をかけてくれたので、ときどき窓の白を眺めながらゆっくりゆっくり支度した。

メニューは、大根のアルザス風サラダ（塩もみした大根に、イタリアンパセリ、ディル、レモン汁、おろしにんにく、オリーブオイル）、人参と白菜のサラダ（自家製マヨネーズ）、キノコのポルトガル風炒め（舞茸、ヒラタケ、にんにく、卵白）、マッシュポテトのムサカ（ミートソース、ホワイトソース）、ロシア風ゆで餃子（ヨーグルトを漉したクリーム、ディル、レモン、バター、餃子のタレ、柚子こしょう&ごま油）の予定。

餃子の皮はとちゅうまでやって布巾をかぶせて寝かせておき、あとはみんなで練ったり包んだりするつもり。

十一月十七日（金）晴れ

火曜日はとても楽しい一日だった。

餃子の皮を練って包むのは、女子チームだけでやるつもりだったのだけど、おさむ君も筒井君も当たり前のように参加していた。

みんなで順番に練って、それぞれの手つきの感想を言い合ったり、包み方を比べたり。

ロシア風餃子はどうやってもおいしくできるから、練り方にも包み方にも正解はないのだけど、なんだか自然と料理教室みたいになった。

「ｕｚｕｒａ」のひろみちゃんは、「私たち、靴の注文にいらした方と一緒に、高山さんのレシピでよく餃子を作るんです」と言っていた。

粉から皮を練って包んだり、ゆでたのを食べたりしているうちに、緊張していたお客さんがリラックスし、少しずついろいろな話をしてくださるようになるのだそう。

「ｕｚｕｒａ」にとっての靴作りは、注文を受けた相手の正直な気持ちを聞くところからはじまるんだな。

だって、できあがった靴は修理を重ねながら何十年もはき続けられ、その人の体の一部みたいになっていくんだものな。

すごいなあ。

プロフエッショナルだな。

ゆで上がった餃子をみんなで食べているとき、筒井君が「おさむちゃん、今何個目？」と真面目な顔で聞いていたのも、すごくおもしろかった。

二十四個できたのを六人で分けるので、ひとり四個ずつ。

いろんなタレで味わいたいから、必死なのだ。

「バターとレモンが意外とおいしい」と言っていた筒井君は、最後はけっきょくすべてのタレをかけ、ひと口で食べていた。

おいしかったらしい。

ほんの一瞬だったけど、陽が傾いてきたころ、屋上に上れたのも嬉しかった。

紅葉の山を見ていたとき、西陽が射して、みんなの顔が光っていた。

おさむ君たちは、そのまま車を運転して東京に帰らなくてはならないから、ふたりともお酒が呑めなくて残念だったけど、残りの人たちはビール、ワイン、きさらちゃんのお土産のスピリッツを呑んだ。

私はいい調子に酔っぱらって、べらべらとお喋りし過ぎた。

筒井君の仕事（絵本の編集者）や「ｕｚｕｒａ」さんたちの仕事や、子どものころからのこととかをいろいろインタビューし、書いてみたいという気持ちがむくむく湧いてきて、抑えられなくなった（この二年後、筒井君にインタビューをし、『本と体』という本に収めることができました）。

みんなが帰ってから、マメちゃんとふたりでビールを呑み、つもる話をいろいろしたのも楽しかったな。

マメちゃんの人間関係は、なぜだか私のと重なっていて、不思議だけどそうでもない感じ。

私の好きな人で、でも長いこと会わなくなっている人に、マメちゃんが最近偶然会っていたり、新しく私が出会った人にも、すでにマメちゃんは会っていたりする。東京の友人、リーダーやシミズタ、齋藤君には、私よりマメちゃんの方が頻繁に会っているのもおかしい。

そうだ。高知の「にこみちゃん」のマー坊や、ナオちゃん、「ワルン」の亨子ちゃんたちにも最近会って、あちこち車で連れていってもらったと言っていた。

みなさんに可愛がられているのだな。それは私にとっても嬉しいこと。

マメちゃんは泊まり、翌朝七時くらいに帰っていった。

ああやっと、あの日のことが書けた。


ここしばらく、私は日記が書けなかった。

なんとなく、頭のまわりがぼわぼわしていて、書く気持ちになれなかった。

このところたくさんの人に会って、私はちょっと、人酔いしていたんだと思う。

書けない間、しばらくひとりにこもっていた。

「気ぬけごはん」を書いて、それからは本を読みふけったり、眠ったりしていた。

ひとりもいいもんだ。

さて、今日は、ご依頼いただいているある本の帯文から書いていこう。

「たべもの作文」はまとまった時間がないと落ち着いて書けないので、しばらくお休み。

午後からは、ポルトガルの料理レシピをずっと書いていた。

「鉄道芸術祭」の電車公演（走る電車の中でのイベント）で、私が料理をしているところの映像を流す予定なので、今はそのことで頭がいっぱい。

「めぐみの郷」の魚屋さんに電話をしたり、仕入れるものをまとめたり。

立花君が撮影に来てくれることになっているのだけど、まだ日程が決まらないようで、メールの返事がちっとも来ない。

うーん、どうしたのだろう。

夜ごはんは、じゃが芋（アムたちの）の円盤焼き（サラミソーセージ、ディル、イタリアンパセリ）、そばめし（きのうの残りの焼きそばとご飯を炒め、薄焼き卵をかぶせた）。

夜、立花君からメールが届き、二十日（月）に撮影することになった。

カクちゃんも来られるとのこと。ベストメンバーやん。

じゃが芋の円盤焼き
そばめし（きのうの残りの焼きそばで）

ふー。
ようやく決まって、うろうろしていたものが、すとんと落ち着いた。
忙しくなるぞ。
明日、魚屋さんに注文しよう。

十一月十八日(土)
雨のち曇り

ひさしぶりの雨。
ゆうべ、寝ているときから音が聞こえていた。
とても静かな雨。
鳥が鳴いている。
窓から見える紅葉も、いつの間にやら冬の色になってきている。
こんな日は、「おいしい本」の原稿を書く日和だ。
ゆうべ、目をつぶりながら、書きたいことが上ってきた。
少しだけ晴れ間が出てきたので、雨上がりの坂を下って、「コープさん」へ。
外に出るのもひさしぶり。

紅葉の木の葉が濡れて、色が濃くなっている。

寒いけど、マフラーを巻いて出る。

空気が冷たくて気持ちいい。

いつもの神社でお参り。

このごろは、「コープさん」での買い物は、生もの以外を配達してもらうようになった。

おかげで坂が楽に上れる。

寒くなったから、汗もかかずにすーい、すーい。

夏の間は休み休みだったけど、公園で休憩をしなくても、水を飲まなくても、当たり前のように上れるようになった。

夜ごはんは、鯛の塩焼き（オーブンのグリル機能で焼いてみた。大成功！ トマト、レモン、グリーンオリーブ）、ポルトガル風塩ダラとじゃが芋のスープ、バゲット。

鯛の塩焼きにオリーブオイルをたっぷりかけ、つけ合わせと共にバゲットにはさんで食べた。

ムイト・ボン！（ポルトガル語でおいしい）

今夜は風がとても強い。

風呂上がりに窓を開けると、分厚い雲が大きな羽根のようになっている。

これだけ風が強いのだから、雲は流れるはずだと思うのだけど、じっとして動かない。

羽根のところどころの隙間から、くっきりとした紺碧の空がのぞいている。

明日は晴れるんだろうか。

十一月十九日（日）快晴

七時前に起きた。

眩しい。

とてもよく晴れている。

東の海の光っているところを見たいのだけど、眩しくて目を開けていられない。

離れてみたら、見える。

細かく、細かく、さざなみ立っている。

キラキラチカチカカチカチ。

さて、朝ごはんを食べたらすぐにとりかかろう。

「おいしい本」が書けそうな気がするので。

きのう書いたのはけっきょくまだまでで、ゆうべは寝ながらぼんやりと頭を遊ばせていた。

夢中でやって、三時くらいにできた。

なんだかはじめて、絵本を書いているときみたいにやれた気がする。

やわらかい体と、やわらかい頭と、心で書けた。

最終回に、ようやくそんなふうにできた。

それはきっと、読んでいた本がそうさせたんだと思う。

締め切りはまだ先なので、しばらく寝かせておこう。

それにしても海が青い。

空も青く、雲がもくもく。

お昼ごはんを食べていたとき、ラジオに中川李枝子さんが出ていて、おもしろいのでじっと聞き耳をたてていた。

『ぐりとぐら』ができたときの話をしてらした。

どうして双子の野ねずみの名前が、ぐりとぐらになったかの話。

中川さんは長いこと保育園で働いていたそうだ。

そのころによく読んでいた、白と黒の猫が出てくるフランスの絵本の中で、野ねずみたちがかけ声みたいに歌っていた「グリッグルッグラッ」からとったらしい。

子どもたちが大好きで、何度も口ずさんでいたからだそう。

登場人物や動物の名前にしても、普段から人の家の表札を見たりして、ストックがいっぱいあるのだそう。

「名前は、貴重品だから」と言ってらした。

その言い方とか、すごくおもしろかった。

あと、ぐりとぐらの体の色がオレンジ色なのは、妹の山脇百合子さんと国立科学博物館に行ったとき、そこの館長さんから「ねずみだったら、そこにいっぱいある」と言われて、引き出しを開けたら、いろんなねずみのミイラ（あとで、剥製と言い直していらした）があって、その中にオレンジ色のねずみが一匹だけいたのだそう。

それで、山脇さんと「いいわね」となって、オレンジ色になったとか。

中川さんの声や喋り方は、張りがあって、子どもみたいで、楽しげ。

あちこちに話が飛びまわるのだけど、また戻ってくる。その奔放さについ引き込まれてしまう。

やっぱり、おもしろい人なんだなあ。

「おいしい本」を書き終え、まだまだ時間がたっぷりあるので、あちこちていねいに掃除した。

明日はいよいよ、立花君とカクちゃんがいらっしゃるから。

ふわふわ納豆
具だくさん味噌汁
新米

ポルトガル料理の映像の撮影。

それを、走る電車の中で、いったいどうやって流すんだろう。

明日の朝は、「めぐみの郷」まで歩いていって、鰯やらいろいろ仕入れする。

もう、電話で予約してある。

海が大荒れにならなければ、ピチピチの新鮮なのが入る予定。

もし思ったよりも小さめだったら、そんときはそんときだ。

夜ごはんは、ふわふわ納豆（ちりめんじゃこ、長芋、卵、ねぎ、辛子）、具だくさん味噌汁（大根、人参、小松菜、だしをとったあとの昆布）、新米（中野さんのご実家の）。

十一月二十二日（水）晴れ

五時半に起きた。

カーテンを開け、少しずつ明るくなっていくのを感じながら本を読んでいた。

太陽の光を本でさえぎりながら。

眠たくなって、七時にまた寝た。

そして九時に起きた。

タコのことばかり考えながら寝ていたので、起きたとき口の中がしょっぱかった。

夢にもタコが出てきた。

朝ごはんを食べ「おいしい本」の校正。

そのあとはずっと、ポルトガル料理のレシピ書き。

お昼ごはんを食べそこね、二時くらいに一品試作をして写真を撮り、食べ、立花君にお送りした。

この間の撮影は、とても楽しかった。

撮られているうちに、なんだか料理をするときの体が戻ってきたような感じがした。

神戸に越してきてからは、雑誌の撮影でも、編集者や友だちが遊びにきても、ゆっくりと注意深くしか体を動かせなくて、もう自分はそういうふうにしか料理を作れなくなったんだと思っていた。

立花君はカメラをかまえたまま、何も言わない。

ちらっと見るととっても変な体勢で、珍しい角度から、じーっとレンズをのぞき込み動画を撮っている。

私も何も言わずに料理を作る。

そのうち重心が下がって、食材や調理器具と糸でつながっているような動きになってきた。

意識はずっと先まわりしていて、手の動きの軌跡が見える。

見えながらも、そのときにはもう次の動作をしている。

指の先にも背中にも、いろんなところに目がついているような感じになった。

触れば、匂いが分かるような。

「クウネル」でも料理本でも、立花君とはさんざん撮影をしてきたから、ある境地のようなところにすっと戻っていけたのかな。

カクちゃんがそばにいて、じっと見てくれていたのも関係がある。

できあがった料理を窓際のテーブルに運び、食べるところも撮影した。

だんだん暗くなって、海に光が灯りはじめ、終わったのは六時くらいだったっけ。

あとで録画を見たら、なんだか映画のようだった。

キアロスタミとか、カウリスマキとか。

食べるところは、手、指、のどが独立した生き物みたいに動いていた。

もう若くはないのどが、なんか、生々しかった。

それは私だけど、すでに私ではない感じ。

不思議だなあ。

立花マジックだ。

この映像は、十二月三日の「電車公演」の走る電車の中で流されます。そしてレシピは、立花君が制作する新聞のようなものの中に入り、そこで配られる予定らしいです。

立花君とカクちゃんが来た次の日は、「高浜市やきものの里 かわら美術館」の市原さんと殿貝《とのがい》さんが、『たべたあい』の原画と『くんじくんのぞう』のジオラマを返しにきてくださった。

中野さんもいらっしゃり、お昼ごはんをみんなで食べた。

インタビューをさせてくださいということだったけれど、市原さんはちっともメモをとらずに、真剣な眼差しでただ聞いていた。

大事なことはみんな、市原さんの記憶の中にしゅーっと入っていくみたい。

四人で屋上に上り、殿貝さんがスナップ写真を撮ってくださった。

つかの間の楽しい時間だった。

翌日、中野さんをお見送りがてら、私は三宮へ。

植田さんの展覧会を見にいった。

会場には植田さんの音楽が流れていた。

静かな絵を一枚一枚眺めていると、緑の奥に、景色や動物が見えてくる。

少しふわふわっとした感じになって、放っておいたらずっといてしまいそうだった。

あの空間に入ったら、怒りっぽい人も怒るのがばからしくなって、やさしい人になるんじゃないかなと思う。

そのあと、加奈子ちゃんと朔ちゃんとスパイス屋さんに行って、インドの辛いスナック菓子とカレー粉を買った。

ぐるっと遠まわりし、散歩したのも楽しかったな。

このあたりは前に、中野さんと何度か歩いたことがあったのだけど、あのころには自分がどこにいるのかさっぱり分からなかった。

ひとりで歩いてみたら、ようやく街が姿を現して、位置関係も分かった。

もう十年以上も前に、木皿さんが連れていってくださった、中華と越南《ベトナム》料理が合体したような不思議な店もみつけた。

準備中で閉まっていたけれど、多分あそこだと思う。

インドのスパイス屋さんがあちこちにあり、老舗の輸入食材屋みたいなところもあった。

北野は異国の匂いがしておもしろいところだな。

というわけで「たべもの作文」は「ゆ」をとちゅうまで書いたところで、しばらく休んでいる。

豚肉とピーマンの炒めもの
鰯の塩焼き
玉ねぎとお麩の味噌汁

まとまった時間がどうしても必要なので。

明日も朝から、「めぐみの郷」の魚屋さんにタコを仕入れにいき、ポルトガル料理をもう一品作る。レシピも書かなくちゃ。

夜ごはんは、豚肉とピーマンの炒めもの、鰯の塩焼き（身をほぐし、大根おろしをのせた）、玉ねぎとお麩の味噌汁、らっきょう（「ｎｏｗａｋｉ」のミニちゃん作）、ご飯。

九時にはベッドに入る。

西の空には三日月。

十一月二十四日（金）快晴

カーテンの隙間がオレンジ色に光っている。

七時少し前、カーテンを開けると、ちょうど朝陽が上っているところだった。

とても眩しい。

寝転んだまましばし陽を浴びる。

ゆうべは風が強かったようだけど、タコはぶじ揚がっているだろうか。

魚屋さんは「獲れる」とは言わず、「揚がる」という。

海からの贈り物として、獲物が自然に揚がるということだろう。

もしも市場になければ、魚屋さんから電話がかかってくる。
さて、どうだろう。
生のタコが手に入るなんて、さすがは神戸だ。
プラスチックのゴミとダンボールを出す日なので、森の入り口まで上った。
雲ひとつない青空。
空気は冷たいけれど、背中に当たる太陽のところだけぽかぽかしている。
さあ、タコ。いいのが上がっているだろうか。
朝ごはんを食べたら出かけよう。
まず、美容院、図書館にまわり、「めぐみの郷」へ行く予定。
魚屋さんには、淡路産のとてもいいタコがあった。
大きさもちょうどいいし、値段も手ごろ。
パックの上から触ると、吸盤がヌルーッと動いた。まだ生きているそうだ。
内臓とスミを取り出し、塩でもんでぬめりを取ってもらう。
小粒じゃが芋も、前から目をつけていたものがあり、商店街のスーパーでゲットした。
六甲まで歩き、「いかりスーパー」でお弁当を買って、タクシーで帰ってきた。
遅いお昼ごはんを食べ、タコの料理にとりかかる。

大きさ違いのものを二杯買ってきたのだけど、一杯が断然姿よくできた。

五時ちょうどに仕上がり、写真を撮って立花君にお送りしていたら、蝋細工会社の受け取りの方がいらした。

ぎりぎりセーフだ。

くったりとくたびれた。

今夜はもうお風呂に入ってしまおう。

お昼が三時だったので、夜ごはんはなし。

西の空には、ゆうべより少しだけ膨らんだ三日月（四日月というのかな?）。

そういえば五時に受け取りの方が来たとき、窓の外でカラスの大群が空を舞っていた。

鰯の群れみたいに。

ひとかたまりの生き物のようだった。

どこからあんなに集まってきたんだろう。

六甲じゅうのカラスが、示し合わせて集まったんだろか。

夏には一羽しかいなかったのに。

十一月二十五日（土）晴れ

朝ごはんを食べ、タコ料理のレシピ書き。

午後には仕上げ、立花君にお送りした。

ああ、これでやっと、「鉄道芸術祭」の私の持ちまわりの仕事が終わった。

多分……立花君のことだから、いつ急に依頼が舞い込むかはまだ分からないのだけれど。

ひとまず「たべもの作文」にいそしもう。

今日は、「は」から「ほ」を推敲し、仕上げた。

鱗雲がとてもきれい。

ふわふわの羽毛が、空じゅうに散らばっているよう。

二階の窓から写真を撮った。

五時ごろ、カラスは集まっているけれど、今日は空を舞っていない。

何か、約束ごとみたいなのがあるんだろうか。

海の真上に、五日月が光っている。

本当は今日、九州に移住した朱実ちゃんと樹君が泊まりにくる予定だったのだけど、大阪で夕方からライブがあり、そのあとみんなでごはんを食べたりして遅くなりそうなので、明日の朝に来ることになった。

とても愉しみ。

それまでにもう少し、「たべもの作文」をがんばるべ。

夜ごはんは、焼きそば（豚コマ切れ肉、タコ、小松菜、目玉焼き）、具だくさんスープ（お昼に食べた雑炊に牛乳を加えた。大根、人参、じゃが芋、さつま揚げ）。

十一月二十六日（日）曇り

ぐっすり眠って、七時に起きた。

陽の出には間に合わなかった。

たぶん太陽は、おとついと同じくらいの位置にあると思うのだけど。

おとついは、雲からちょうど顔を出したときにカーテンを開けたんだと思う。

空も晴れていたから、今朝よりもっとずっとビカーッとしていた。

今朝はぼんやりしている。

でも、オレンジ色が夕方の電球みたいできれい。

コーヒーをいれ、立花君から届いたレシピの確認をせっせとやる。

朝ごはんのあと、あちこち掃除。

雑巾がけもひさしぶりにした。

焼きそば
具だくさんスープ

さーて、朱実ちゃんと樹君がやってくる。

まだ、連絡がないけども。

その前に「たべもの作文」をもう少しやってしまおう。

さっき、メールがあった。

朱実ちゃんたちが東京（樹君の実家がある）へ帰るのは、明日の夜に神戸を出るバスだったのだそう。

なので今夜はうちに泊まることになった。

お茶の時間くらいにふたりで来る。

ワインを買ってきてくださる。

わーい。

夜ごはんは、クリームチーズとパプリカのディップ人参添え、カマンベール&ラクレット&鹿のサラミ（きさらちゃんが送ってくれた「共働学舎」の）、砂肝のにんにく炒め、アルザス風大根のサラダ（大根を皮のついたまま輪切りにして塩をふり、出てきた汁ごとレモン汁、オリーブオイル、ディル、パセリ、おろしにんにくほんの少しで和える。「クウクウ」のメニューだったから、朱実ちゃんはきっと喜んでくれるだろう）、タコの炊き込みご飯（洋風または和風）、ワインの予定。

十一月二十八日（火）晴れ

今朝もまた七時前に起きた。

このごろは毎朝、オレンジ色の朝陽を浴びて目をつぶり、しばらくまどろんでから起きる。

そうすると夜ぐっすり眠れる。

気のせいかもしれないけれど。

朱実ちゃんと樹君は、きのうの夕方に帰った。

きのうの今ごろの時間はまだうちにいて、三人でカラスが集まってくるのを見ていたなあと、少し切ないような気持ちで思う。

この二日間は、本当に楽しかった。

一日目のごはんは、けっきょく大根のアルザス風サラダと、カマンベールチーズ＆サラミ二種、長ねぎのグリル焼き（真っ黒になるまで焼いて皮をはぎ、オリーブオイルをかけて食べた）、砂肝のにんにく炒め（アンチョヨビソースを加えた）までしか作れなかった。

びっくりするほどワインを呑み、楽しく酔っぱらってしまったので。

樹君は、やってきて早々にギターを弾きはじめた。

クラッシックの練習曲や、自分の作った曲や、「アルハンブラの思い出」や、最近私がよく聞いているスペインのギター曲やら、いろいろ弾いていた。

そのうちにふと、朱実ちゃんがスペイン語の歌を歌いはじめた。

とてもいい歌。

なんとなく聞いたことがある歌だなと思ったら、ビオレータ・パラの「人生よありがとう」だった。

樹君は窓を背に部屋の隅で弾いていて、朱実ちゃんは台所に近いところ。

ふたりは距離をおき、向かい合わせになって一曲演奏した。

こういうことを普段からやっているんだろうな、という自然さで。

ふたりとも力が抜け、なのに音が震えていて、私は台所で鳥肌立った。

樹君は九州の家でも、毎日八時間くらい練習をしているのだそう。

ものを作る人たちはたぶん、体のどこかに過剰なものがあって、どうやってもあふれ出てきてしまうんだろうと、ふたりといて感じた。

私もその仲間。だから、一緒にいてとても楽だった。

次の日は、朝から「人生よありがとう」の日本語訳の歌詞を、私が分かりやすい言葉に翻訳するのをやっていた。

翻訳の、翻訳だ。

すんなりでき、朱実ちゃんが歌にはさんで読んでみた。

すごい迫力!

そのあとも樹君はずっとギターを弾いていて、朱実ちゃんも自分のパソコンで何やらやっていて、私も延々と「たべもの作文」の推敲。

それぞれがみな勝手に、自分の仕事をしていた。

そのあと、なんとなく外に出たくなって森に入った。

帰ってきて、全員一致で軽くビールを呑んだ。

立ち呑み屋みたいに、台所に椅子を持ち寄って。

だんだんに暗くなる空と海を眺めながら、とりとめのない話をしながら。

スペインのサラミは、向こうが透けて見えるくらいに薄くそぎ切りにするのがおいしいけれど、鹿のサラミは濃厚な脂肪が口の中で溶けるよう、厚切りにする方がおいしいことが分かったり。

ああ、本当に心ゆくまで遊んだ。

今日は、「ゆ」を書いた。

電車公演は日曜日だから、それまで毎日一話ずつ書いていくことができたら、一冊分がちょうど終わる。

昆布の箸休め
釜揚げうどん（ノブさんの）

残すは、「よ（ヨーグルト）」「り（りんご）」「れ（れんこんと練乳）」「わ（わかめ）」の四話。

朱実ちゃんたちの余韻をまだ残しておきたいので、部屋は掃除していない。

今週は、原稿執筆の依頼をいちどに三ついただいた。

それぞれ書いてみたい内容だったし、「おいしい本」の連載も終わったから、すべてお受けすることにした。

中野さんも今、遠野の絵本の世界に没頭してらっしゃるから、私もがんばろう。

十二月は忙しくなりそうだ。

夜ごはんは、昆布の箸休め（だしをとったあとの昆布を切手大に切り、辛子醤油で）、釜揚げうどん（ノブさんの手打ちうどん）。うどんにからめて食べるのは、温かいおつゆ（昆布、干し椎茸、にぼしでだしをとり、豚コマ切れ肉、人参、大根、ねぎ）＆納豆（卵とねぎ入り）。

明日はこのおつゆをのばし、カレールウを足して和風カレーにするつもり。

半月だったきのうの月が、少し膨らんできている。

十一月二十九日（水）
曇りのち雨

薄暗いけど、目が覚めたらちょうど七時だった。

カーテンを開けると、曇り空。

あちこち白っぽい。

起きて早々、あちこちひっくり返し、一枚の写真を探していた。

それは二十代のころの写真。

もしかすると「たべもの作文」に関係のある写真かもしれないと、寝ながらふと思いついたので。

缶とビンのゴミを出し、今朝は森へは向かわずにすぐ戻ってきて、きのう書いてお送りした「ゆ」を直す。

寝ながら書きたいことが上ってきたので。

忘れないうちに上書きしてからお風呂に浸かった。

そしてまた、写真探し。

引っ越してきてから、段ボール箱に入れたまま整理をしていない書類がある。

でも、そこにはなかった。

たまたま開けた机の引き出しの、フィルムの箱の中にようやくみつけた！
朝ごはんを食べ、「ゆ」を書き改める。
とん、とんと、「たべもの作文」がいい調子で書けていくのが、とても嬉しい。
毎日、修行僧のようにパソコンに向かい、淡々と書いている。
なんだかとても落ち着いた心地。
アリヤマ君のレイアウト案も送られてきた。
わーい！
ぴったんこ！
まるで違和感がない。
さすがだなあ、アリヤマ君。
ひさしぶりに小出さんと電話で話せたのも、とてもよかった。
私は少し、勇み足になっているかもしれないけれど、このままつき進もうと思う。
電話を切ってから、「よ」を書いてお送りした。
窓の外は、海も、空も、建物も霧に包まれている。
猫森と、道路沿いの木々が紅葉していて、とてもきれい。
ハッとするような紅い葉もある。

何の木だろう。

五時、今日もまたカラスが集合し、縦横無尽に飛んでいる。

空を大きく旋回している。

朱実ちゃんがこの窓辺で、鳴き声を真似したりしてカラスと交信していたからか、窓の上をわざとゆっくり飛んで、お腹を見せてくれるカラスもいる。

夜ごはんは、和風カレーライス（きのうのうどんのおつゆを薄め、セイロで蒸したじゃが芋、人参を加え、カレールウを溶いた）、トマト。

夜、電話があって、中野さんが明日の夕方にいらっしゃることになった。

遠野の絵がずいぶん描けて、このままつっ切ってもいいけれど、少し休みたくなったのだそう。

嬉しいな。

それまで私もがんばって、ちょっと空気抜きをしよう。

＊11月のおまけレシピ

キノコのポルトガル風炒め

舞茸１パック　ひら茸１パック　にんにく（大）１片　卵白２個分
アンチョビソース小さじ½　ローリエ２枚　オレガノ　その他調味料
（２人分）

この料理はポルトガルに着いた晩に、ホテルの前の小さなレストランで食べました。ブラウン・マッシュルームをぶつ切りにしたものと、白っぽくてちょっとカマボコ風なものが、にんにくといっしょにオリーブオイルで炒めてありました。アンチョビの味もほんのり、ローリエとオレガノのいい香りもします。それにしてもこの白いものは何だろう……ポルトガルはチーズの種類が豊富だから、脂肪分の少ないフレッシュ・チーズのようなものかなと思いながら食べていたのですが、しばらくして卵白だと気づきました。卵の白身をこんなふうに使うなんて、とってもいいアイデア！　神戸に帰ると私は、お客さんが来るたびに真似をして作っていました。「この白いのは何？」と聞かれるのが楽しいのです。椎茸でもしめじでもマッシュルームでも、お好きなキノコで試してみてください。

舞茸は手で小房に分けます。ひら茸は１本ずつほぐし、根もとを切り落とします。にんにくは半分に切って包丁の背で押しつぶし、ローリエは大まかにちぎります。卵白は軽く溶きほぐしておいてください。
フライパンにオリーブオイル大さじ２とにんにくを入れ、中火で炒めます。にんにくの香りが立ってきたら、強火にしてキノコとローリエを加え、炒め合わせます。キノコがしんなりしてきたらアンチョビソースとオレガノをひとふり、フライパンを煽《あお》るようにしてさらに炒めます。これをフライパンの端に寄せ、空いたところにバター15ｇを落として卵白を流し、薄く広げます。しばらくおいて固まってきたら全体を合わせ、塩と黒こしょうで味をととのえます。

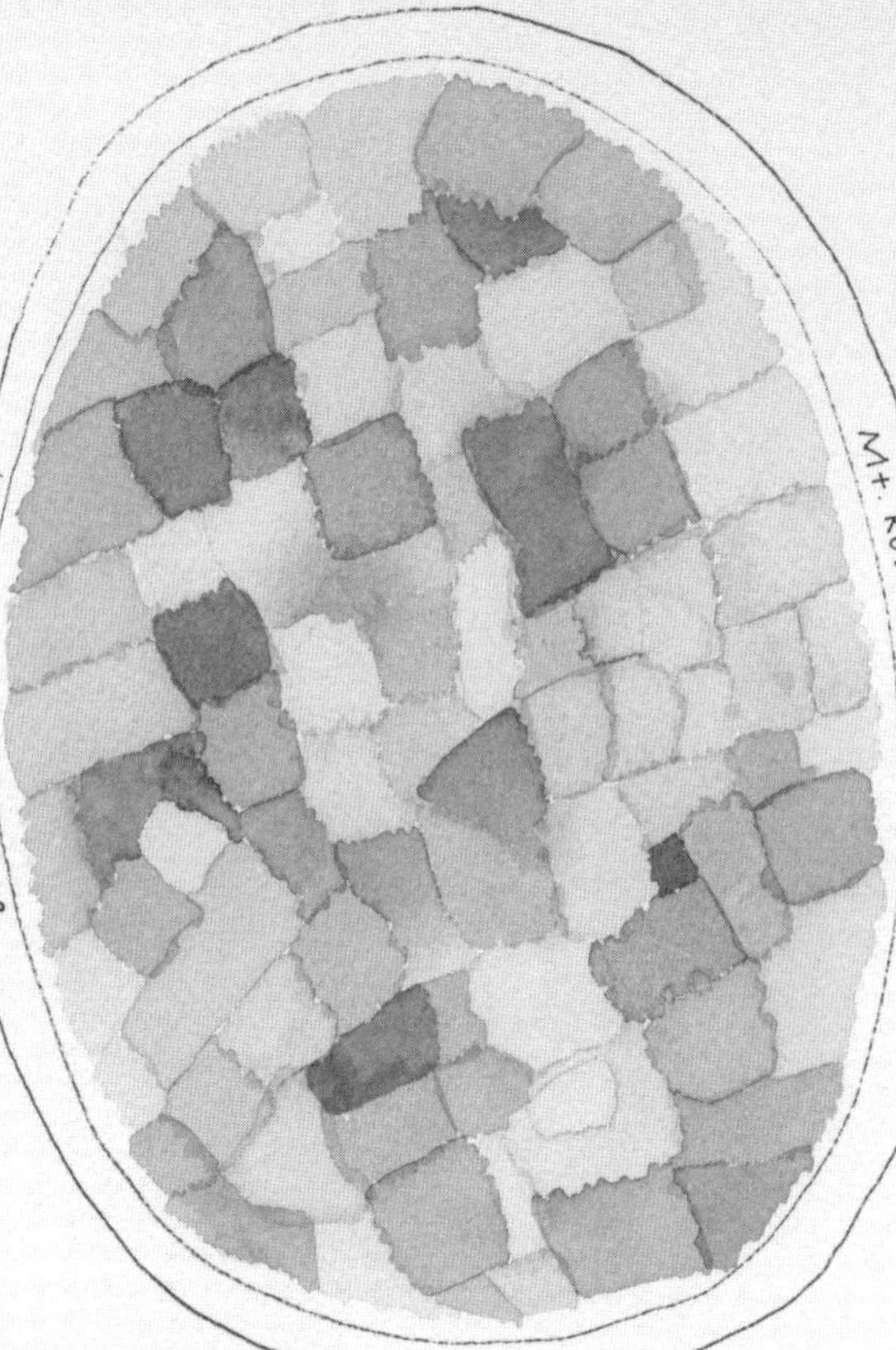

2017年12月

私はまだ、料理家だったんだ。

十二月二日（土）晴れ

さっき、中野さんをお見送りがてら、海が見える公園まで下りた。

坂のとちゅうでお腹がレモンイエローの小鳥をみつけた。

うぐいす色の羽の、尾が長めの、すべっこい毛並み。

何の鳥だろう。

公園で水を飲み、ネズミモチの黒い実をひと枝もらって坂を上った。

パッチワークみたいな山を仰ぎながら。

ここらの紅葉は、きのうと今日がピークなのかも。

きのうもすばらしくいいお天気で、朝早くから、海の全面がきらきらして眩しかった。

いろんなものがくっきりはっきり見え、目がよくなったみたいだった。

それで、今日しかない！　と思って、中野さんと「ソーイング・テーブル・コーヒー」に、ノブさんのおうどんの絵（マメちゃんが描いた）の展示を見にいった。

阪神電車を乗り継いで、景色を眺めながらとことこ進むのも楽しかったし、「ソーイング・テーブル・コーヒー」もとても居心地のいいところだった。

昔、「クウネル」に載っていた（創刊号だったかな？）記事を見てから、ずーっと行ってみたかったところ。

昔のままの洋裁学校の敷地内。

ほとんど手つかずの自然の中に、ぽつんとあって。そしてその自然は、外国のどこかみたいな。

砂漠かもしれないような。

お店の中はストーブがあって暖かいけれど、外みたいで。

そしておうどんの絵が、おいしそうで、おいしそうで。

お腹をすかせてまた電車を乗り継ぎ、岡本の高級焼き鳥屋さんで乾杯した。

なんだか、遠野の絵を中野さんがここまで描けたことと、私が「たべもの作文」をがんばってきたことへのご褒美のような日だった。

天気のよさは異様なほど。

もうこれで、世界が終わってしまっても仕方がない……みたいな、祝福されたような空だと、電車の窓から眺めながらひとりこっそり思っていたくらい。

さーて、今日からまたがんばらねば。

明日はいよいよ「鉄道芸術祭」の電車公演なので、それまでに「たべもの作文」をどこまでやれるかというところだ。

紅茶をいれて、「り」を書こう。

お腹がレモンイエローの小鳥のことをネットで調べてみたら、キセキレイだった。

「いつも尾を上下に動かす習性があるので、石たたき、庭たたきなどの異名を持っています。『チチッ チチッ』と鳴きながら大きな波形をえがいて飛びます」とある。

ハクセキレイはよく川のところにいるけども、黄色いのははじめて見た。

本当に、「チチッ チチッ」と鳴きながら、曲線を描いて私たちの頭の上をピューッと飛び、川から木へとまった。

夜ごはんは、味噌ラーメン（白菜、もやし、えのきをごま油で炒めてのせた）。

ゆうべほどではないけれど、今夜も夜景がきれいだこと。

ゆうべは夜までいい天気が続き、向こう岸の夜景まで、気味が悪いほど煌《きら》びやかだった。

十二月三日（日）快晴

七時に目が覚めた。

朝陽に間に合った。

カーテンを開けてオレンジ色をしばし浴びてから、閉め、ほんの少しだけ開けておく。

そうすると、壁にかけてある満月の女の子の絵に光が当たるから。

月に当たって顔の左側、まん中、右側、そのあと顔の全部。

そして顔からはずれ、草むらに下りていったところまで見て、エイヤッと起きた。

さて今日は、いよいよ電車公演だ。

朝ごはんを食べ、十時になったら出かけよう。

さーて、どうなることやら。

東京の鷲尾さんも、加奈子ちゃん一家も、市原さんたちもいらっしゃる。

川原さんとリーダーが、今夜はうちに泊まる予定。

十二月七日（木）晴れ

とてもいいお天気。

海のきらきらが、いつもと違う。

さんざめいている。

星のように点々と光っているところ、ただ青いだけのところ、そのコントラストが美しい。

ちらちらちかちかぴちぴちみちみち。

ラジオからビョークの歌が聞こえてきているのが、ぴったりな海。

今日もまた、世界の終わりかもしれないくらいにきれいなのだけど、そういえば、冬の海は夏よりもずっと青いのだと、去年にも思った。

空気がキーンとして、ガラスのように澄んでいるんだと思う。

毎日見ているのに、毎日驚く。

日曜日の電車公演は、思ってもみない展開となり、とても楽しかった。

「テニスコート」のコントもとてもよかった。

私は、ほとんど予備知識を入れずにポルトガルに行ったので、天正遣欧《てんしょうけんおう》少年使節団のことがいまいちよくつかめていなかったのだけど、コントを見ていたらよく分かった。

走る電車の中で、今と昔が重なるような、時空の揺らぎみたいなものも感じた。

おちゃらけているのと、人間の手には終えない壮大で過酷な歴史が、揺りかごみたいに往ったり来たりしていた。

夏に立花君が、ポルトガルへの旅に私を誘いにきてくれて、そのあとで私も神戸の博物館へ見にいった。「遥かなるルネサンス（天正遣欧少年使節がたどったイタリア）」は、そういう展覧会だったのかとようやくつながった。

少年たちは、あの腰が抜けるほどの素晴らしく手の込んだ美術品や、人間技でないような技術を見たのだ。

そして帰ってきたら、日本はすっかり時代が変わっていたのだ。

「高山さんは電車に乗っているだけで、出演ということになるから、何にもしなくていいんです」なんて、立花君に言われていたから安心して出かけたのだけど、「テニスコート」のコントの合間に、私が語りを入れることになった。

リハーサルのときに突然言われた。

文は、私の書いた「ポルトガル料理=高山なおみ」（「鉄道芸術祭」の会場に飾られています）。

立花君はその文の中からいくつかを切り取り（実際にハサミで切ってあった）、順番もバラバラにして、タイミングをはかりながら私に読ませた。

どのあたりを走っているときにどの文をというのが、ある程度決まっているらしく、けれど、その場でやっぱり違う箇所の文を選び、渡されたりもした。

いちど手渡したのを、やっぱり今じゃないかな？　という感じで引っ込めたりもしてらした。

言われていたのは、「何があってもぜったいに笑わないでください。照れないでくださ い」というのと、「低い声でゆっくり、いつもの高山さんみたいじゃない声で」。

あとは、「口の中に空気を含みながら、フランス語みたいに読んでください」とか。

立花君にお手本をやってもらったのだけど、空気を含むというのが最後までよく分からず、けっきよくアメを舐めながら読んだ。

そうすると、鼻から空気が抜ける。

「演じればいいんですね」と聞いたら、「はい、女優になったつもりで」とのこと。

あとは、モニターに映っている「あの高山さんが、料理をしながら頭の中でぼそぼそと考えているみたいに読んでください」とか。「ここは大きい声で、はっきりと」とか、「ここは、ゆっくり区切って」とか、「この言葉は二度くり返して」とか。

私はただ、指示のままに読んでいた。

右隣に座っている立花君から、いつ何どきに原稿を渡されるか分からないので、私はずっと右上を見続け（モニターもそこにある）、首が痛くなった。

とちゅうでちょっといいアイデアがひらめいたのだけど、それは伝えない方がいいような気がして、とにかく邪魔をしないようじっとがまんした。

なんだか立花君が監督で、私は演技をつけてもらいながら、役を演じ切ることに徹していたような感じだった。

自我を出さなくていい心地よさ。

だから、語りながらうっとりしたり、感動したり、気分が高揚することもなかった。

それが不思議と心地よかった。

リハーサルのときには、コントのはじまりと終わりに音楽がついていたのだけど、立花君は終わりの音楽をなくした。

そのことで、ぽっかりと浮いた時間ができた。

「テニスコート」の三人がいなくなり、声も聞こえなくなって。

でも、これでコントが終わったのかどうか誰も分からなくて。

モニターに無音の映像が流れているだけで、私の語りもいっさいなく、沈黙のまま電車が走っていた。

ガタンゴトンガタンゴトン。

その宙ぶらりんの時間が、なんだかとてもよかった。

よかったというか、ただ感じる時間をおのおのがもらったような。

個の時間。

あと、行きだったか帰りだったか、どこかの河原っ端で長いこと停車していたとき、光がとても眩しかった。

ぽかんとした空白の時間、心にはさやさやと風が吹いていた。

お客さんたちはモニターを見たり、車窓を眺めたり、隣どうしで微笑み合っていたり、居眠りをしている人もいた。

私たちは百分あまりの間、電車の中に軟禁されていたのだと思う。

電車に、映像に、コントに、何にもない時間にさえも、体ごと揺らされていた。

不安になった人もいるだろうし、ふだん考えないことが浮かんできたり、何かを思い出したりした人もいるだろう。

そんな「電車公演」だった。

川原さんとリーダーは、うちに二泊した。

なんだか、吉祥寺時代が戻ってきたみたいに楽しかった。

リーダーには半年前に会っているけど、川原さんとは一年半くらい会っていなかった。とてもひさしぶりのはずなのに、最後に会った次の日が、今日みたいな感じがした。

長年の友というのは、時空を飛びこえられるんだな。

リーダーと一緒に絵を描いたのも、川原さんと元町を歩いたのもとても楽しかった。

「鉄道芸術祭」のタイトルは「ステーション・トゥ・ステーション」という。

立花君は京都と大阪、ポルトガルとポルトを結んだ鉄道に喩えていたけれど、私にとっては東京と神戸を結ぶ、見えない線路の旅でもあった気がする。

この展覧会に参加したおかげで、東京の懐かしい友人たち、仕事仲間にも再会できたし、神戸に引っ越したことをきちんと挨拶できた。

焼豚丼
ワカメと大根の中華風スープ

神戸へは、東京を終わりにしようとして出てきたのに、何かがまたはじまったような気がする。

立花君に誘ってもらえて、本当にありがたかった。

ここ数日間があまりに楽しく、いろんなことを感じ、ちっとも日記が書けなかったのだけど、ようやく少しだけ書けた。

とにかく今は、「たべもの作文」。

今日は「れ」を書いている。

夕方までには時間があるので、「わ」も書いた。

書き終えたら、外はもうすっかり暗くなっていた。

五時半だ。

夜ごはんは、焼豚丼（炊きたてのご飯に焼豚「元町のお肉屋さんで買ったおいしいの」をのせ、炊飯器のフタをして蒸らしておき、ゆで小松菜、卵焼きをのせた）、ワカメと大根の中華風スープ。

そうだ。

電車公演のモニター映像（立花君が撮影したもの）を電車の中で見ていたら、自分の手の動きがとても素早く、食材と糸でつながっているみたいになめらかで驚いた。

そうか、私はまだ、料理家だったんだ、と思った。

十二月八日（金）曇り

七時になっても空が明るくならない。

きのうとは打って変わって、曇り空。

とても寒い。

朝ごはんを食べ、きのう書いた「れ」と「わ」を推敲した。

お昼過ぎには仕上がり、小出さんにお送りした。

これで「たべもの作文」がすべて書けた。

あとは、「あとがき」を残すのみだ。

今日は坂を下り、六甲道周辺に出かける。

美容院、図書館、六甲道駅（実家へ帰省する新幹線の切符を買うため）、区役所、耳鼻科。もしかしたら「かもめ食堂」にも寄ってお弁当を買おうかな。

外はとても寒そうだ。

では、身支度して行ってきます。

けっきょく区役所へは行けず、耳鼻科を出たのが六時近くだった。

私はこのごろ鼻水がひどく、もしかしたら副鼻腔炎の気があるかもしれないと心配だったのだけど、違った。

カメラの管を鼻の奥まで入れてみたら、どこもきれいだとのこと。

鼻の奥にある扁桃腺というところにだけ、うっすらと白い斑点があった。

ここが軽い炎症を起こしているせいで、鼻炎にかかっているのではないかとのこと。

カメラはぐんぐん奥に入り、声帯も見えた。

声帯は私の意志とは関係なしに、開いたり閉じたりしていた。

のどの奥は……というか、鼻の穴を通り越したら、もうそこからは体の内側なのだな。

扁桃腺は桃という字が入るけど、本当に果物みたいだった。

そこらじゅうが肌色やピンクでやわらかく、毛細血管が透け、透明な粘液に包まれていた。

とても無防備で、ちょっと触れたらすぐに傷つきそうだった。

人の体はこんなふうになっているのか。

このところふわーっとくる目眩がときどきあったので、耳の検査もしてもらった。

両耳のバランスは正常で、問題はないらしい。

もしかしたら、血圧の変動のためかもしれないとのこと。

かやくご飯のおにぎり弁当
ほうれん草のバター炒め
味噌汁（玉ねぎ、ワカメ）

ほっとした。

とても感じのいい病院だったし。

薬を飲んで、また来週診察に行くことになった。

病院を出たら、冷たい雨と風。

とても寒い。

もう遅いので「かもめ食堂」はあきらめ、六甲まで歩いて駅の近くのスーパーでお弁当を買った。

傘がひっくり返りそうな風だったから、とても歩いては帰れない。

タクシーはこれまでいちばんの長蛇の列。小さな待合室で十人以上が腸みたいにくねっていた。

三十分近く待ったかも。

くったりとくたびれ、ほうほうのていで帰ってきた。

夜ごはんは、かやくご飯のおにぎり弁当（鶏の唐揚げ、赤いソーセージ、卵焼き）、ほうれん草のバター炒め、味噌汁（玉ねぎ、ワカメ）。

十二月十日（日）晴れ

今朝も朝陽で目が覚めた。

カーテンを開けると、雲間からオレンジ色の光が顔をのぞかせていている。隙間からだから、ひしゃげたように射すのかと思ったら、しばらくすると強い光が溢れてきて、やっぱりまん丸なのだった。

眩しくて目を開けていられない。

きのうは、一日中まったく文を書かなかった。

ベッドの上で編み物をしながら、絵本を読んだり、これから書こうとしているふたつの原稿のために思いついたことをメモしたり。

絵本は、図書館で借りた『クリスマス人形のねがい』。

少し長い物語なのだけど、とてもとてもよかった。

大きなできごとが起こったり、とてつもない冒険がはじまるというのではない。

奇跡のようなことが起きるには起きるのだけど、大げさなところはひとつもない。

本当にそこにあることだけを、そこにある心を、正直に、やさしい言葉を紡いでていねいに作ったお話、という感じがした。

お話ももちろんだけど、バーバラ・クーニーの絵がとてもよかった。

野菜たっぷりのお焼き
おぼろ昆布と大葉の即席味噌汁

十二月十二日（火）快晴

七時十五分前にカーテンを開け、陽の出を浴びた。

寒いけれどキリッとした空気。


赤いワンピースのクリスマス人形も、緑のコートを着た主人公の女の子アイビーも、とても愛らしい。

やっぱり私はクーニーが好きなのだ。

さて、今日から原稿を書きはじめよう。

ひとつは「リンネル」、もうひとつは「天然生活」のコラムだ。

鼻の調子がとてもいい。

あんなに出ていたのに、鼻水もほとんどなし。

四時前には「リンネル」の原稿が書けた。

来週の火曜日に撮影があるから、充分間に合った。

ほっ。

夜ごはんは、野菜たっぷりのお焼き（もやし、えのき、豚コマ切れ肉）、おぼろ昆布と大葉の即席味噌汁。

太陽が当たっているところだけ暑い。

今日は、オイチニ、オイチニの日なのだな。

朝のうちに掃除機をかけ、海を見ながら朝ごはん。

十時半にみなさんが集まって「リンネル」の撮影なので、料理の仕込みを軽くしておこう。

鼻の調子がとってもいい。

撮影は、一時半には終わってしまった。

カメラマンさんははじめての方だったのだけど、とってもよかった。

デジタルとフィルムの両方で撮ってらした。

カメラを斜めがけして、撮りたいものにずんずん突進していく感じが、写真が好きでたまらないカメラ小僧みたいで、私は嬉しくなった。

みんなで坂を下り、坂のとちゅうでもちょこっと撮影した。

料理するのも、撮っていただくのも、すべてが楽しかった。

私はもしかしたら、料理家の体が戻ってきているのかな。

明日はいよいよ、「タミゼ神戸店」のために、東京からやってくるみどりちゃんと昌ちゃん、「MORIS」の今日子ちゃんとヒロミさんが、うちにごはんを食べにいらっしゃる。

みどりちゃんは蕪が好物だから、「めぐみの郷」まで買いにいった。

せっかくなので図書館へも寄り、絵本を三冊借りてきた。

夜ごはんは、カレー雑炊、ゆかりおにぎり（撮影の賄いの残り）、ほうれん草と豆苗の塩炒め。

今夜はお風呂であったまって、ベッドで絵本三昧をしよう。

明日はソーセージを作る予定。

ああ、みどりちゃんに会えると思ったら、どきどきしてきた。

嬉しいなあ。

カレー雑炊
ゆかりおにぎり（撮影の賄いの残り）
ほうれん草と豆苗の塩炒め

十二月十三日（水）快晴

今朝は七時十分に陽の出。

いつものように光を浴びて起きた。

ゆうべは三時くらいに目が覚めて、そのあとはうらうらうろうろ。

よく眠れなかった。

でも、夢はみていたみたい。

白ねぎのパリ風
キノコ炒めポルトガル風
ロールキャベツのグラタン

みどりちゃんたちがこの家に来てくださるのが嬉しく、興奮しているんだと思う。

朝からせっせとごちそうの支度。

『タミゼ神戸店　五日間』おめでとう」と、「ヒロミさんの七十歳おめでとう」の会にしようと思う。

まずはソーセージから作って干した。

「ビストロなおみ」の今夜のメニューは、ゆで卵の手作りマヨネーズのせ、大根のアルザス風サラダ、白ねぎのパリ風（コンソメでくたくたに煮て冷やしたものに、玉ねぎドレッシング）、人参のサラダ、キノコ炒めポルトガル風（オリーブオイルで炒め、アンチョビソース）、黄金ポテト（皮をむいたじゃが芋を軽くゆで、バターをからめてオーブンで金色に焼く）、ロールキャベツのグラタン（蕪と麩入り）、自家製ソーセージ、サラミソーセージ二種、チーズ二種。

しまった！　主菜がひき肉料理ばかりになってしまった。

ソーセージはお土産にしようかな。

今日子ちゃんが、何かデザートをこしらえ持ってきてくださる。

今は四時半。

そろそろ街は暮れはじめ、遠くの灯りがついてきた。

雲が茜色に染まりはじめた。

みんな、早く来ないかな。

十二月十六日（土）
降ったりやんだりの雨

今朝は目が覚めたら七時を過ぎていて、陽の出が見られなかった。

ゆらゆらと夢をみながら、とてもよく眠れた。

この間、ひと晩に五つくらい夢をみると昌太郎君が言っていたけど、私も同じような感じだと思う。

現実には起こりようのないことに、きのう会った人とか、今日会った人とか、行った場所とかの感触が忍び込んでくる夢。

きのうは、「ＭＯＲＩＳ」の「タミゼ神戸店」に行ってじっくりと眺め、土ものの白い鉢を買った。

フランスの古い器に見えるけれど、江戸時代の東北の鉢だそう。

アボカドのディップや、マッシュポテトが似合いそうな深めの器。

乳鉢にも似ているから、アイオリソースやマヨネーズをここで作って、そのまま出してもよさそう。

お昼を食べないで出たのだけど、ヒロミさんが「かもめ食堂」のお弁当をごちそうしてくださった。

りっちゃんとやっさんが作るお弁当は野菜がたっぷりで、すべてが違う味がして、心が落ち着く。

お腹いっぱいになった。

ゆっくり過ごしてから、耳鼻科にも行った。

目の動きや、静かにしているときと急に起き上がったときの血圧の変動、目をつぶって一分間立っているときのふらつき度合いなどを計った。

検査の結果、私のめまいは肩こりのせいかもしれないとのこと。

ちょっとほっとした。

パソコンを開いたら、この間の「リンネル」の撮影のときの写真がたくさん送られてきていた。

とってもいい。

あの日の光や、のんびりとした開放的な空気が写っている。

もう若くはない私が、大きくもなく、小さくもなく写っている。

ほうれん草とスパム炒め
納豆
蕪の味噌汁

「たべもの作文」の「あとがき」を書く。

書きたいことはすでに決まっているので、洗濯したり、お昼ごはんを食べたり、お茶をいれたり、飲んだりしている間に少しずつできてきた。

「『鉄道芸術祭』のための蝋細工が、もう一品ほしいかもしれない」と、きのう立花君からメールが届いていたので、きのうのうちにタラとじゃが芋を買っておいた。

まだ決めかねているようだけど、いつスタートサインが送られてきてもいいように、タラのペーストだけ作っておいた。

簡単な作り方でやったのに、おいしくできた。いい感じだ。

「あとがき」も書けたかも。

明日は、アノニマの村上さんが打ち合わせでいらっしゃるので、一階だけ掃除機をかけておいた。

雑巾がけは明日の朝しよう。

パソコンの合間に、首を伸ばしたり、肩甲骨を開いたり閉じたりのストレッチ。

これだけでずいぶん体が軽くなる感じがする。

夜ごはんは、ほうれん草とスパム炒め、目玉焼き、納豆、蕪の味噌汁、ご飯。

十二月二十二日（金）
快晴のち曇り

今朝もまた海が光っている。

晴れているのだけど、海も街も白い霞がかかっている。

霞というより、白く光る温かく細かな粉みたいなのに、ふっくらとおおわれている感じ。

海だけでなく空気も光っている。

ちらちらぴちぴちみちみち。

ゆうべは八時にはベッドに入ったのに、九時まで寝ていた。

まだ眠れる、まだ眠れると思いながら眠っていた。

このところしばらく、いろいろな人たちに会い、あちこちに出かけ、楽しく過ごしてきたからだ。

まず、「MORIS」の今日子ちゃんちでのお好み焼きパーティー。

〆鯖（どなたか、お友だちの手作り）も、ヒロミさんのお好み焼きも、ワインもとってもおいしかった。

ヒロミさんが台所とテーブルの間をちゃっちゃかと動いて、春菊と豚肉（みりんと醤油の甘辛いタレ）、ニラと豚肉、白菜と豚肉、長ねぎと豚肉、キャベツと牛肉やら（春菊以外はウスターソース&どろソース)、一回一回生地を流し、野菜や肉をのせて焼いてくださった。丸いホットプレートに、人数分の小さなお好み焼きが次々に並んで、ジリジリジュージューと焼いている間、他愛のないお喋りをして。

ヒロミさんがひっくり返したら、たまらなくおいしそうな焦げ目がついていて、お喋りしていたみんなが同時に「わーー!」と声を上げたり。

使い込まれた道具、住み慣れた家、棚にぎっしりとうごめいている、ヒロミさんが集めてきた美しい器たち。

みどりちゃんと昌太郎君をもてなすために、ヒロミさんとスーパーで買い物をしたのも、寒い寒いと震えながらバスを待ったのも、ヒロミさんの家の台所で言われた通りの大きさに次々野菜を切ったのも、嬉しく、楽しかった。

野菜を切りながらふとふり返れば、テーブルにはみどりちゃんが座っていて、にこにこしている。

家族写真が貼ってある額が、ガタンと斜めになったおかげで、若くして亡くなった今日子ちゃんのお父さんや、ヒロミさんの若かりしころや、今日子ちゃんの子どものころの写真をみんなで見ることができた。

そういういろいろが集まって、とても幸せな夜だった。

その次の日から、ひさしぶりに中野さんがいらした。

遠野の絵本の絵も描き終わったし、元町で別の絵本のお打ち合わせがあったので。

次の日に「鉄道芸術祭」を見にいって、近くの公会堂（とても古い建物）のカフェでホットワインを呑み、冷えた体をあたためたり。

帰りに、梅田の立ち呑み屋さんに寄ったり。

そこは二十年以上も前、中野さんが学生時代に先輩とよく通っていた店。

おとついは、元町の中華屋でお昼を食べ、「ギャラリーVie」のコージさんの展覧会に行った。

しばらくしたらコージさんがやって来て、そのうち入れ替わり立ち代わりいろいろな人がいらした。

アフリカ音楽のイベントを企画している方や、美術館の館長さんや、BL出版の落合さんもぶらりと入ってきて、ひさしぶりにお会いできた！

コージさんの話はとてもおもしろい。

長新太さんや、土井さんや、武田百合子さんや、花さんや、ジャン・コクトーや、ジャン・マレーや、グルジアの空港でワインを手渡してくれた係の人や……生きている人も死んだ人もたくさん出てくる。

私は聞いているだけで、その人たちに会っているような気がしてくる。

ワインをちびちび呑みながら、ゆらゆらゆらゆらいつまでも聞いていたくて、ずっとそこにいた。

大畑さんと娘さんもあとから来て、三宮でお店をやってらっしゃるご夫婦とみんなでごはんを食べにゆき、バーでホットワインを呑んだ。

中野さんと過ごした三日間は、見るもの聞くもの珍しく、おもしろく、なんだか旅をしていたみたいな感じだったな。

中野さんはきのうの朝早くに帰られた。

遠野の絵を梱包し、東京に送らなければならないのだそう。

私もきのうは、「鉄道芸術祭」の蝋細工のために、タラのコロッケをこしらえた。

受け取りの方が四時に来て、ぶじ引き渡すことができた。

ひとつ、ひとつと、終わっていく。

そしてまた今日から新しく、ゆっくりとはじまるような感じがする。

私の「たべもの作文」も、しばらくしたらデザインされたものが戻ってきて、またはじまるし。

今日は、二時くらいに東京からお客さんがいらっしゃる。

佐野洋子さんのご本の編集者。

帰りの新幹線でおにぎりにしたのを食べていただけるよう、牡蠣ご飯を炊いておこうかな。

夜ごはんは、牡蠣ご飯（生姜がなかったので、炊き上がって混ぜるとき、粉山椒をふり混ぜてみた）、味噌汁（くずし豆腐、卵白）、ねぎのぬた。

牡蠣ご飯
味噌汁（くずし豆腐、卵白）
ねぎのぬた

十二月二十四日（日）
曇りのち雨

九時に起きた。

ものすごくよく眠った。

だって、ゆうべは八時半に寝たのだから。

夢もいろいろなのをみた。

明け方にみたのは、地面にうまった管のようなものの口から、濃紺の魚がぬらぬらもりもり出てくる夢。

魚の群れはそのまま光る川になり、大きな河へと流れ込む。

なんだか爽快な夢だった。

このところごちそうの食べ過ぎで、あまりお腹がすいていないので、今朝は朝ごはんを食べなくてもいいことにした。

朝風呂だけ浸かり、ミルクティーをいれて寝室に戻った。

ベッドの上で繕いものをしたり、プレゼントの編み物を仕上げたり。

ラジオからはずっとクリスマスの音楽が聞こえていた。

今日は、窓の外が白い。

「リンネル」と「気ぬけごはん」の校正も、ベッドの上で。

白い海と空を眺めながら、お昼ごはんをゆっくり食べ、ゆっくり掃除して、ゆっくり雑巾がけ。

明日のクリスマス会&誕生日会は、中野さんがビーフシチューを作ってくださる。

だから、ごちそうの支度は何もせず、クリスマスツリーもとちゅうまで飾って、うらうらと穏やかに動いている。

なんだか真綿に包まれているように、時間がぼんやりと動く。

おとつい、編集さんにいただいた佐野洋子さんの『わたし クリスマスツリー』は、明日まで読まずにとっておこう。

今年のツリーは、海の見える公園で拾ってきた突起がたくさんついた枯れ枝と、「植物屋」さんで買ったモミの木と柊《ひいらぎ》のひと枝。

そこに小さな人形や、今年拾った木の実、去年フックとヒモをつけたどんぐりの実などを飾ろうと思う。

夜ごはんは、カレーリゾット、牡蠣フライ（この間の残りをオーブンでカリッと温め直した）、白菜のオリーブオイル蒸し煮（水溶き片栗粉でとろみをつけた）。

カレーリゾット
牡蠣フライ
白菜のオリーブオイル蒸し煮

十二月二十七日（水）
晴れたり曇ったり

きのうの朝、中野さんが帰ってからずっと、ふわふわと過ごした。

ツリーの片づけもせず、掃除もせず、洗濯もせず。

わざとそうしていた。

午後にふと思い立ち、このところいろんな方にいただいたおいしいお菓子や、マキちゃんから届いた海苔のおすそわけを箱詰めし、スイセイに送ることにした。

風がとても強かった。

着膨れして坂を下り、神社でお参りし、いつものパン屋さんが閉まっていたので別のパン屋で食パンを買って、「いかりスーパー」でちょっとだけ買い物し、ゆらゆらと坂を上って帰ってきた。

ずっと、山を仰ぎながら。

冷たい風に吹かれ、体を動かして。

私は、感謝がしたかったんだと思う。あらゆるものに。

クリスマス&誕生会はとても楽しかった。

ビーフシチューも、とてもおいしかった。

中野さんは、お姉さんやお母さんが愛用している、城戸崎愛さんの『洋風のおなじみ料理』という懐かしい感じのする本を持ってきて、ほとんどその通りに作ってくださった。

じゃが芋の皮をむいて面取りしたり、牛スジ肉(これは中野さんのオリジナル)を圧力鍋で下ゆでしたり、私もちょっとだけ手伝った。

城戸崎さんのビーフシチューは、デミグラスソースを使わない。

レシピのあちこちに工夫があって、なるほど! と感じ入ることばかり。

下味をつけた牛肉に、粉をはたいてバターで焼きつけたのを煮込み用の鍋に入れ、玉ねぎと人参の薄切りも炒めてそこに加え、トマトピューレーを混ぜ、強火で焦げるくらいまで煮詰めながらからめる。

鍋にはりついたこの焦げを、煮溶かしながら煮込んでいくおかげで、デミグラスソースを使わなくても奥行きのある味が出る。

仕上げに溶かし込む風味づけのバターも、ケチケチせずにたっぷり。

小玉ねぎは八分通りゆでたものを、バターで炒め、砂糖と塩をふってから最後に加える。そうすると、形を残したままとろりと甘く煮えるのだ。

夜、私が寝入ってから、白いクリームみたいなのを口のまわりにぐるりと塗った中野さんが、「メリー・クリスマス」と変な声を出しながら、ふらふらっとプレゼントを渡しにきた。

そして、すぐにいなくなった。

サンタクロースのつもりだったのかもしれないけど、ピエロがドリフの真似をしているみたいだった。

あの白いクリームが何だったのか、暗くてよく分からなかった。

まさか絵の具ではないだろうし、デザートに食べたババロアについていた生クリームなのかな。

次の日に聞いても教えてくれないし、「え、誰ですか？　なおみさん、ほんとにそんな人見たんですか。ポルトガル産のくつ下をもらったんなら、ポルトガルから来た人なんじゃないですか」なんてすましていた。

ゆうべ、お風呂に入っていてようやく気がついた。

私の洗顔クリームだ！

そうそう、ビーフシチューを作ったときの、固形コンソメをお湯で溶いた薄めのスープがたっぷり残っていたので、きのうそこに醤油をほんのちょっと落とし、面取りした大根を煮てみた。

だしをとったあとの昆布も加えた。

それが、とてもおいしかった。

なんだか昭和の感じがするような、和洋折衷のおいしさだった。

コンソメと醤油って、合う。

今朝は八時に起きた。

カーテンを開け、眩しい光を入れて、心機一転。

今日から仕事モードに戻ろうと思う。

たまっていた空きビンも、出してきた。

洗濯機をまわしながら二階に上がると、天井や壁に小さな虹がたくさんできていた。

廊下や階段の方にまで散らばっている。

天井に吊るしてあるクリスタルの玉に、光が反射しているのだ。

この玉は、神戸に越してきた年に、ファンの方からいただいた。

玉の上にはトナカイのフィギュア(去年のクリスマス・プレゼント)が乗っている。

今朝の海は、光の帯がよく伸びている。

遠くにも近くにも幅広の、金色の、サテンのリボンのようなのが。

きのうはふわふわと過ごしていたおかげで、佐野洋子さんの本(『佐野洋子の「なに食ってんだ」』)の帯文が書け、夜にお送りすることができた。

このところ毎晩、寝る前にゲラを読んでいた。

私はきっと、洋子さんの近くにいたのだと思う。

だから、うろうろとよく眠り、おもしろい夢をいっぱいみていたんだと思う。

夕方、ようやくツリーを片づけた。

来年のクリスマスにまた飾れるよう、小さな人形たちは箱にしまい、去年拾った植物は整理した。

これからまた新しいのを拾えるように。

あちこち掃除機をかけてきれいにし、ミルクコーヒーと今日子ちゃんにいただいたミンスパイをいただきながら、窓辺で「天然生活」の原稿の校正。

ああ、とても長い日記になってしまった。

お好み焼き
ワンタンスープ

ここまで読んでくださり、ありがとうございます。

夜ごはんは、ヒロミさんに教わったお好み焼きを二枚（豆苗と豚肉&菊菜と豚肉と卵）、ワンタンスープ（人参、もやし）。

十二月二十八日（木）曇り

七時になってもまだ暗いようだった。

十分過ぎにカーテンを開けたら、ちょうど太陽が顔を出したところだった。

オレンジ色の陽をしばし浴びて、起きる。

今朝は薄曇り、今年いちばんの寒さだ。

さっき窓を見たら小雪が舞っていた。

「天然生活」の校正を見直して、ファクスを送った。

陽が出てきた。

正面の海が白金色に光っている。

油断すると、ついじっと見てしまう。

パソコンに目を移したとき、目の中に光の玉が残るから、あまりよくないだろうなと思いつつ。

おにぎり
玉ねぎと百合根の味噌汁
人参塩もみ

午後、「リンネル」の色校正が届き、こちらもすみずみまで確認し、ファクスをした。

さあこれで、目の前の今年の仕事はおしまい。

レシートの整理をしていたら、冬休みの宿題が続々と送られてきた。

ひとつは『帰ってきた日々ごはん④』の、パソコン上のテキスト原稿。

絵本について書くことになっている原稿の、参考になるらしい本。

明日はいよいよ「たべもの作文」のゲラが届く予定。

今日は、いろいろな編集者さんから電話があった。

年の瀬なのに、みんなちっともせかせかしていない。

冬の空気みたいに澄み切った声だった。

今年もいろいろあったけど、どうにかぶじに終わって、ほっとしているような。

いろいろに感謝しているような声。

スイセイだけはなんだか違った。

山の家は、年末もお正月もいつもと変わらず、やらなければならない仕事が山積みなのだそう。

夜ごはんは、おにぎり（肉そぼろをご飯に混ぜ、マキちゃんの海苔を炙《あぶ》って巻いた。紅生姜添え）、玉ねぎと百合根（アムとカトが送ってくれた）の味噌汁、人参塩もみ（ポン酢醤油)。

味噌汁の百合根の溶けかかったところが、たまらなくおいしかった。

玉ねぎも甘みを醸し出していて。

この味噌汁、かなりおすすめ。

十二月二十九日(金)
曇りのち晴れ、のち曇り

八時に起きた。

柱時計が七回鳴ったとき、カーテンの隙間がまだ薄暗かったので。

目覚める前から、絵本のはじまりの言葉が上ってきている気がして、口の中で復唱してみた。

カーテンを開けたら、太陽はもうずいぶん上の方にあった。

雲に隠れ、薄く光っている。

今年最後のプラスチックゴミを出しにいった。

森の入り口まで上り、松ぼっくりのついた枝や、イの形をした木切れなど返してきた。

今、ラジオでいい音楽をやっている。

「ウィーン少年合唱団」が、北原白秋作詞、山田耕筰作曲の「この道」を歌っている。

「♪この道は　いつか来た道　ああ　そうだよ　あかしやの花が　咲いてる」

昔の録音らしい。

外国の子どもが日本語の歌を唄うと、そっちの方が本当の言葉に聞こえてくる。

純真な心を込め、透明な声で、言葉の意味を感じながらていねいに歌っている。

頭でっかちな方の意味ではなく、響きから立ち現れる意味のようなもの。

絵本や童話の世界の言葉も、似た感じがする。

いいなあ「ウィーン少年合唱団」。

私が小学生のとき、彼らははじめて来日した。

「天使の歌声」という触れ込みだった。

肌の色が白い、微笑むとほっぺたがピンクに染まる、金髪や栗色のやわらかそうな髪の美少年たちは、お揃いの真っ白なセーラー服を着て、ほんとうに天使のようだった。

午後一で、「たべもの作文」の初校が送られてきた。

わー、いよいよだ。

お昼を食べたらいそしもう。

明日の朝から実家に帰省するから、その前に、スイセイに日記を送っておこうと思う。

あとで掃除もしなければ。

「たべもの作文」の包みには、赤のボールペンが二種類、マジックが一本、二色の付箋が同封されていた。

お正月に、学校の先生が文房具を新調してプレゼントしてくれたみたいに嬉しい。

「たべもの作文」には、小学生のころの私がよく出てくるから。

それにしても今日のラジオは、年の瀬らしい、いい音楽ばかりずっとかかっている。

クラッシックのリクエスト特集らしい。

さっき、マーラーの交響曲第五番、第四楽章「アダージェット」がかかったとき、ちょうど陽が落ちはじめたところだった。

海の向こうにちらほらと光が灯りはじめ、窓を開けたら、遠くで鳥の声がした。

すーっと鳥肌が立った。

夜ごはんは、ビーフシチュー（クリスマスの残りにキャベツを加え、温め直した）、もやしと春菊のオリーブオイル和え、ご飯。

＊12月のおまけレシピ

牡蠣ご飯

米２合　生牡蠣（加熱用）200g　だし昆布（５cm角）１枚
その他調味料（４人分）

冬はやっぱり牡蠣。ひとり暮らしでも、年にいちどは牡蠣ご飯が食べたくなります。日記によると、その日はちょうど生姜を切らしていて、炊き上がりに粉山椒を混ぜ込んでいます。鰻にふりかけるくらいだから、牡蠣にも合うんじゃないかと思ったんです。これが目新しい味で香りもよく、いっしょに食べた編集者さんにとても喜ばれました。残りの牡蠣ご飯はラップに包んでとっておき、せいろで温め直して食べるのもお楽しみ。今思いついたのですが、ドリアにしてもおいしそうです。ほうれん草か蕪の葉を多めのバターで炒めたところに、薄力粉をふり入れ、粉っぽさがなくなるまで炒めたら、牛乳を加えて木べらで混ぜながらふつふつ煮込んでホワイトソースに。牡蠣ご飯の上にかぶせ、チーズをたっぷりふりかけてオーブンで焼くのです。ホワイトソースには、信州味噌のようなクセのない味噌を、ほんの少し隠し味に加えてもいいかもしれない。こんど、木枯らしの吹く夜ごはんに試してみようと思います。


米はといで炊飯器の内釜に入れます。酒大さじ２、薄口醬油小さじ２、塩小さじ½、ごま油大さじ½を加えたら、水を注いで目盛りに合わせ、軽く混ぜます。昆布をのせて30分ほど浸水させ、スイッチオン。

牡蠣は海水くらいの塩水でさっと洗い、ザルに上げます。

炊飯器からポコポコと音がして煮立ちはじめたら、フタを開け、米の上に牡蠣を広げてのせます。すぐにフタを閉め、そのまま炊き続けます。炊き上がったら10分ほど蒸らし、昆布を取りのぞきます。昆布は細く切って、戻し入れます。

粉山椒をふりかけ、牡蠣がつぶれないよう気をつけながらさっくりと混ぜてください。

＊このころ読んでいた、おすすめの本

『宿題の絵日記帳』今井信吾　リトルモア

『あの頃』武田百合子　中央公論新社

『酒味酒菜』草野心平　中公文庫

『箸もてば』石田 千　新講社

『お父さん、だいじょうぶ？日記』加瀬健太郎　リトルモア

『それでも それでも それでも』齋藤陽道　ナナロク社

『もりのなか』
文・絵／マリー・ホール・エッツ　訳／間崎ルリ子　福音館書店

『クリスマス人形のねがい』
文／ルーマー・ゴッデン　絵／バーバラ・クーニー　訳／掛川恭子
岩波書店

『わたし クリスマスツリー』作・絵／佐野洋子　講談社

あとがき

今日もまた、向かいの建物の屋上にカラスが集まってきています。空がまだ明るいうちから、三羽、四羽とやってきて、日暮れどきになるといっせいに飛び立ち、茜色の空を旋回するのです。

窓すれすれに羽ばたく漆黒の翼、いく重にも折り重なってこだまする声。カアーカアーアーアーアー……今日は、百羽近くいるかもしれない。なんだか大勢でひとつの生き物みたいです。

毎年十一月の中ごろにはじまるカラスの集会も、今年で五度目。私のひとり暮らしも、早いものでもう五年になります。

さて、『帰ってきた　日々ごはん⑧』は、神戸に移住して二年目の夏から冬にかけての記録。本の中で私はあちこちに出かけ、いろいろな人たちに会って新しい仕事をしています。

いかにも活動的で明るく、華やかそうに見えるけれど、じつのところはリハビリのような日々でもあったなあと、このころの自分を懐かしく思い出します。歩くのもゆっくり、しゃべるのもゆっくり。ひさしぶりの料理撮影では、あまりののろさに自分で呆れているくらい。

それでも夏には、二十年来の仕事仲間、アーティスト&デザイナーの立花文穂君に誘われてポルトガルへと旅立ちます。

東京チームは羽田から、私は関西の空港からだったので、飛行機にはじめてひとりで乗りました。方向音痴の私にとってはそれだけでも十分に驚きなのに、乗り継ぎのアムステルダム・スキポール空港でみんなと待ち合わせをするなんて。スマートフォンも持っていないのに!

当時のポルトガルのノートには、こんな走り書きがあります。着いて二日目のメモです。

「私はまだ、あちこちに気が散らかって、落ち着いてものが見られない。ひとつのものばかり、あちこち、あちこち、じーっと見ている」

これはまさしく私の特性。この本の中でも、目の前のひとつひとつに没入する毎日を送っていました。

日記には書けなかったのだけど、ポルトガルでもいろいろなことがあったっけ。

最初に泊まったリスボンの宿は、旅仲間五人でキッチンつきのアパート・ホテルを借り、シェアしました。石畳の坂道にある古めかしい建物で、公園に面したリビングも、大理石のバスルームも、窓の大きな私の寝室も大好きだったのだけど、玄関の鍵が古すぎた。鍵穴には入っても開け閉めがむずかしく、扉を持ち上げ気味に回してもうまくいかない。ほかの四人はサラッとやってのけ、自由に散歩に出かけたりしているのに、何度練習しても私だけできなくて、誰かが戻ってくるまで留守番をしていたこともありました。

今となっては笑い話だけれど、誰かといると、自分のへんてこさが浮き出てくる。そして、面と向かわざるをえなくなる。それは、ポルトガルの旅に限ったことではありませんでした。

東京で暮らしていたころの私は、スイセイに頼りっきりで、自分というものを意識せずに生きてこれたんだと思うんです。

神戸にはこれまでの私を知る人がいないから、ここにあるこの体だけが私でした。はじめての街、はじめて出会う人たち、彼らとの関係を通して新しい自分を感じるのは、新鮮な喜びとともに、風が吹いたら飛んでいってしまいそうな心もとなさがありました。

高知のイベントでは、もう会うこともないかもしれないと思っていた懐かしい友に再会できました。東京の友人たちとも次々に出会い直し……まるで、新しいときを過ごしている私の体に、過去の私が戻ってきて交差するような。『帰ってきた 日々ごはん⑧』は、透明人間のようだった体に少しずつ肉がつきはじめた時期で、子どものころを回想しながら「あ」から順に書いていた「たべもの作文」も、今思えばリハビリのひとつだったのかもしれない。

不思議なのだけど、私はひとり暮らしをするようになってからの方が、ひとりでないと感じます。東京では、自分の内側についた目だけで外を見ていたからでしょうか、よっぽどひとりぼっちでした。ファンの方たちとの関係性の中にも、自分がいることをみつけたり、たとえ離れていても、友人と同じ時間をともに生きている実感が湧いてきて、嬉しくなったり。

そうして、できないと思い込んでいたことがわり合い簡単にできたり、前には苦手だったものでも、意外に好きかもしれないことに気づいたり。

でも、こんなふうに思えるようになったのはつい最近。この本の日々から三年後のことです。

こんどのクリスマスで私は六十二歳になります。

いい年をしてと笑われるかもしれませんが、ひとり暮らしをはじめた年がゼロ歳だとしたら、私はようやく五歳になるわけです。

今年は、おかげさまで絵本四冊と単行本を四冊、世に送り出すことができました。

なかでも五年ぶりの料理本『自炊。何にしようか』を刊行できたのは、「料理をする体が戻ってきたような感じがした」「私はまだ料理家だったんだ、と思った」と日記に書いた通り、台所に立つ私をあるがまま撮影し、ムービーに仕立ててくださった、立花君とアシスタントのカクちゃんに背中を押されたのがきっかけでした。

彼らに加え、神戸に移住してからも私を見守り、声をかけ続けてくださった編集者・赤澤かおりさん、写真家の齋藤圭吾君に、この場を借りて「ありがとう！」。

そして私の新しい友人、森脇今日子ちゃん。胸をどきどきさせている本の中の私の日々を、透明な光の絵でやわらかく、あたたかく包んでくださり、ありがとうございました。

さて、今年はどんなツリーを飾りましょうか。

二〇二〇年十二月　木枯らしの夜に

高山なおみ

◎　スイセイごはん

「なにぬね野の編　3」


布団の中にしっかりと全身を入れて、膝を抱えて背を丸くし、いちばん弱い生きもののようにうずくまっている。

自分の吐く息が胸のあたりで暖かく、それが、いま自分の中心にある。

生キテ、いる。

（目は開いているし起きる時間だが、布団の外は0度ほど、かんたんには出られない）


えいやと布団から出ると、なによりもまず超高速で灯油ストーブに火を点ける。

それ以降は、だらだら、だらだらとパソコン、テレビを起動し、インスタントコーヒーをひと口すする。

1時間ほどボーっとしていると、ようやく室温10度。

そこの低山の背から遅い日が覗き込んできて、うちのまわりの地面を明るく照らすのが、8時半くらい。

そして、目覚ましの仕上げをせんと日課のウォーキング、外に向かう。

と、こうして、ここ「野の編」の冬の日常がはじまる。


うちの薄壁隔てた外側は、夏はきちんと暑いし冬もきちんと寒い。

東京で暮らしていたころ、おれは宇宙服を着て、カプセルに包まれていたとでも言うんだろうか。

こちらで感じる自然は、素肌で直に触っているかのように、とても激しく生々しい。


この前の冬、ギックリ脚を発症し、「小さいヘルニア」と診断された。

「小さい」とはいえ救急車を呼びたくなるほどの激痛をともない、歩くはおろか、ただ立つことさえ難しかった。

足腰という動物の、二足歩行の運動のカナメについての病だった。

下半身をなくした動物のように地べたに這いつくばって、宙に辛さを訴えた。

当初、左腿で発生した痛みは、尻の筋肉を巡ってから2ヶ月後に今度は右腿に現れた。

結果的に左脛の神経が切れたらしく、いまも触感が鈍い。

一箇所の間違っている回線をつなぎ替えたら治るというような、一時的なことがらではなかった。

そこらあたり、ヘルニアのある背骨、背骨の土台の股関節、それらを支える筋肉たち、ようするに体幹と呼ばれる身体の奥中央部がごっそり、とことん弱っていた。

人体の大黒柱が揺らいでいる。

おれは、自分に身体があることを忘れていたんだろうか。

よくもここまでのひどい状態にさせたもんだ。

頭を使うことが忙しいとき、おれは自分全体が忙しく動いているとでも思っていたんだろうか。

自分のことなのに、わからないことがある。

わからないことのほうが多い。

自分とは、どこを切っても均一な成分の、一個の個体ではない。

いくつもの違う要素が複雑に絡み合った、たとえば人体を各臓器で分け、それらを繋ぐ管を分けてもなお微細な部位が無数に茂っている。

そういうことと、似ているんじゃないか。

自分は、森に似ている。

自分は、自然に似ている。

耕作放棄されて、ゴミを捨てられ、すっかり荒れたうちの畑を嘆いている場合じゃない。

自分という大地を、むしろこちらのほうを、すみずみまでちゃんと見てやらないと。

地上がどんなでも　空澄んでオリオン

２０２０年　スイセイ

スイセイ、そして落合郁雄工作所
発明家・工作家。広島市生まれ。

２００２年、ホームページ「ふくう食堂」創業。

２００３年、家内制手個人工業「落合郁雄工作所」起動。

２０１６年、高山なおみとの共著書『ココアどこ　わたしはゴマだれ』（河出書房新社）。

現在、山梨にて自然を含めた工作の試み「野の編」展開中。

公式ホームページアドレス　http://www.fukuu.com/kousaku/

高山なおみ 日記もの 年表 2002〜2020年

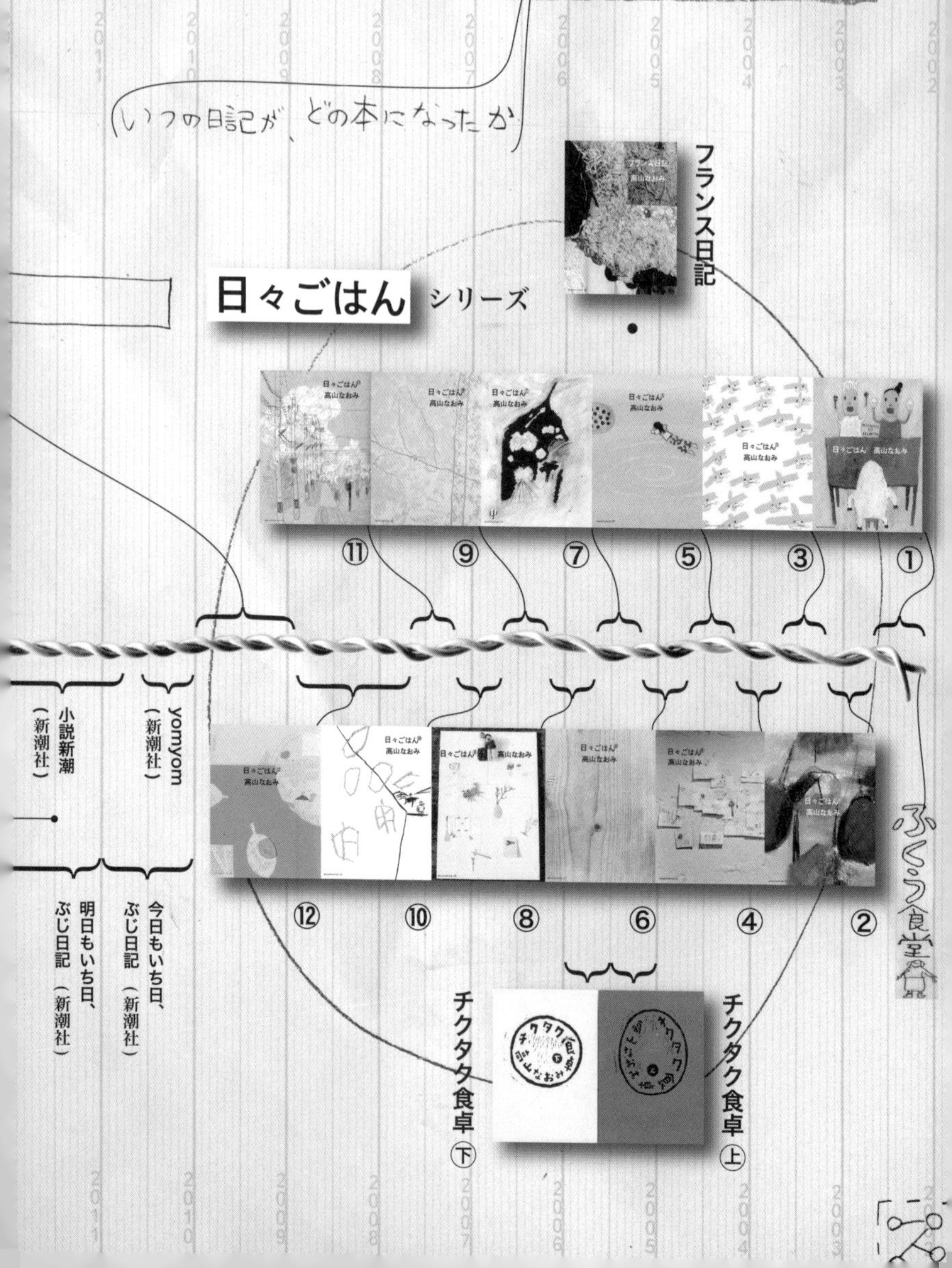

帰ってきた 日々ごはん シリーズ

①

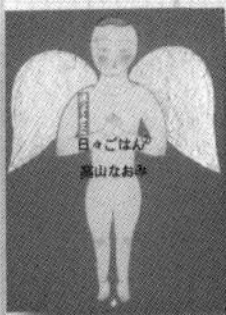

②

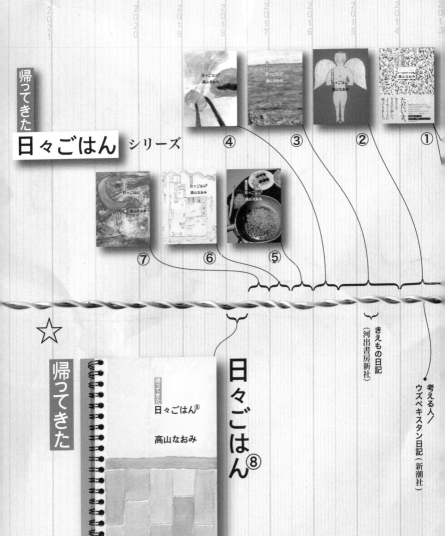

③

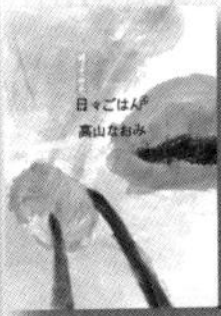

④

⑤

⑥

⑦

考える人／ウズベキスタン日記（新潮社）

きえもの日記（河出書房新社）

☆

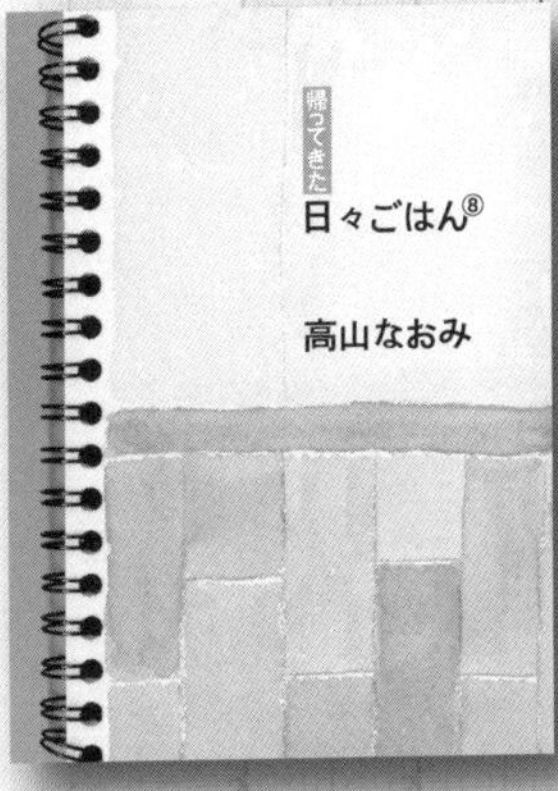

帰ってきた 日々ごはん⑧

本書は、高山なおみ公式ホームページ『ふくう食堂』に掲載された日記「日々ごはん」（２０１７年7月〜12月）を、加筆修正して一冊にまとめたものです。

高山なおみ　1958年静岡県生まれ。料理家、文筆家。レストランのシェフを経て、料理家になる。におい、味わい、手ざわり、色、音、日々五感を開いて食材との対話を重ね、生み出されるシンプルで力強い料理は、作ること、食べることの楽しさを素直に思い出させてくれる。また、料理と同じく、からだの実感に裏打ちされた文章への評価も高い。著書に『日々ごはん①〜⑫』『帰ってきた日々ごはん①〜⑦』『野菜だより』『おかずとご飯の本』『今日のおかず』『チクタク食卓㊤㊦』『本と体』（アノニマ・スタジオ）、『押し入れの虫干し』『料理＝高山なおみ』（リトルモア）、『気ぬけごはん1・2』（暮しの手帖社）、『新装　高山なおみの料理』『はなべろ読書記』（KADOKAWAメディアファクトリー）、『実用の料理　ごはん』（京阪神エルマガジン社）、『ココアどこ　わたしはゴマだれ（共著・スイセイ）』（河出書房新社）、『たべもの九十九《つくも》』（平凡社）など多数。
絵本に『どもるどだっく（絵・中野真典）』『おにぎりをつくる』『みそしるをつくる』（ともに写真・長野陽一）（ブロンズ新社）、『アンドゥ（絵・渡邉良重）』『たべたあい』『それから　それから』（ともに絵・中野真典）（リトルモア）、『ほんとだもん（絵・中野真典）』（BL出版）、『くんじくんのぞう（絵・中野真典）』『ふたごのかがみ　ピカルとヒカラ（絵・つよしゆうこ）』（あかね書房）。最新刊に『自炊。何にしようか』（朝日新聞出版社）。
公式ホームページアドレス　http://www.fukuu.com/

帰ってきた日々ごはん⑧

2021年1月29日　初版第1刷　発行

著者　高山なおみ

発行人　前田哲次
編集人　谷口博文

アノニマ・スタジオ
東京都台東区蔵前2-14-14　2F　〒111-0051
電話　03-6699-1064
ファクス　03-6699-1070
http://www.anonima-studio.com

発行　KTC中央出版
東京都台東区蔵前2-14-14　2F　〒111-0051

印刷・製本　株式会社廣済堂

ISBN978-4-87758-816-8 C0095

アノニマ・スタジオは、
風や光のささやきに耳をすまし、
暮らしの中の小さな発見を大切にひろい集め、
日々ささやかなよろこびを見つける人と一緒に
本を作ってゆくスタジオです。
遠くに住む友人から届いた手紙のように、
何度も手にとって読みかえしたくなる本、
その本があるだけで、
自分の部屋があたたかく輝いて思えるような本を。

anonima st.